Josef Kohler

Der Ursprung der Melusinensage

Eine ethnologische Untersuchung

Josef Kohler

Der Ursprung der Melusinensage
Eine ethnologische Untersuchung

ISBN/EAN: 9783337398095

Hergestellt in Europa, USA, Kanada, Australien, Japan

Cover: Foto ©Andreas Hilbeck / pixelio.de

Weitere Bücher finden Sie auf **www.hansebooks.com**

Der

Ursprung der Melusinensage.

Eine

ethnologische Untersuchung

von

J. Kohler

Professor der Rechte in Berlin.

LEIPZIG.

Verlag von Eduard Pfeiffer.

1895.

Druck von Adolph Mehnert, Leipzig, Königsstr.

Karl Weinhold

in Verehrung und Freundschaft

gewidmet

vom

Verfasser.

Vorwort.

Bei meinen rechtsvergleichenden Studien suchte ich stets das Recht in Verbindung mit der ganzen Volksanschauung zu erfassen; aber immer blieb natürlich der Sinn hauptsächlich auf das Recht, diese gewaltige äusserliche Manifestation des Menschengeistes gerichtet. Diesmal aber konnte ich dem verführerischen Triebe, einmal die Innenseite des menschlichen Sinnens für sich zu ergründen, nicht widerstreben, und so entstand diese Studie über die Melusinensage, über das wundersüsse Märchen aus der Kindheit des Menschengeschlechts. Die Schrift wird zeigen, dass auch hier die Betrachtung des Rechts und der Rechtsorganisation nicht bedeutungslos ist, sondern in der Mythenerklärung eine grosse Rolle spielt.

Mit Ehrfurcht blicken wir auf diese überall wiederkehrenden Mythen: sie sind die Zeugen der wunderbaren Einheit des Menschengeschlechts und des menschlichen Geistes.

Eine Sammlung und Bearbeitung der wichtigsten in den Melusinentypus einschlagenden internationalen Märchen und Sagen soll demnächst folgen.

Kohler.

Motto.

Kennst Du der Melusine streng Gebot?
Die Welt ist eins; dem schönen Frauenleibe
Eint sich die Schlange, und zum ersten Weibe
Sprach einst als Natter das Gespenst der Noth.

Die Welt ist eins; doch erst im grausen Tod
Löst sich der Wesen Schleier; wenn die Eibe
Auf unsern Gräbern blüht, wird sich die Scheibe
Der Sonne wandeln zum ersehnten Roth.

Drum muss verschwinden, was Du hast geschaut,
Im Grabe der Natur; des Lebens Braut
Lässt nur in tiefen Falten sich gewahren.

Wird sich der Meermaid Kern Dir offenbaren,
Dann herzt das Weib ihr Kind im Scheidekusse,
Und die Gestalt versinkt in Hela's Flusse.

KOHLER.

§ 1.

Die Melusinensage hat sich durch die Bearbeitung des
JEHAN d'ARRAS und ihre Nachbildungen, namentlich des
THÜRING VON RINGOLTINGEN, allgemeine Bekanntschaft er-
worben. Gleichwohl ist es sicher, dass das Sagenelement nicht
etwa in Poitou allein wurzelt, sondern auf mythischen Vorstellungen beruht, die tief in der Menschenbrust wohnen. In
der fleissigen und kenntnissreichen Dissertation von NOWACK,
die Melusinensage (Züricher Dissertation 1886), finden sich zahlreiche Nachweise über die Züge des Märchens in und ausser
Deutschlands, S. 45 f., 62 f.[1]); und die nachfolgende Darstellung
wird zeigen, dass die Sage sich über die ganze Erde verbreitet
hat. *Der Melusinenmythus ist der Kindheitstraum der Welt-
geschichte.*

Das Characteristische des Mythus besteht zunächst darin,
dass ein Wesen anderer Ordnung sich zum Menschen gesellt
und, nachdem beide, wie zwei des Menschengeschlechts, zusammen-
gelebt, bei einem bestimmten Ereigniss verschwindet.

Das Ereigniss kann sein 1) *die Geburt eines Sohnes oder
die Schwangerschaft mit einem solchen.* So der Oromythus
in Hawaii: der Gott Oro steigt herab, verbindet sich mit der
Vairaumati und bleibt auf Erden, bis sie sich schwanger fühlt.[2])

Das Motiv, dass der Gott nach Zeugung von Kindern in
die Ueberwelt zurückkehrt, findet sich auch sonst; so z. B. in
den Sagen der Buginesen auf Celebes, wo allerdings
Batara-guru nicht allein, sondern mit seiner Frau in's Jen-

---

[1]) Vgl. auch FRÄNKEL in Weinhold's Zeitschrift des Vereins für
Volkskunde, IV, S. 387 und die dort angeführte Literatur; auch FAVRE
in seiner Einleitung zu NODOT, Histoire de Mélusine. Auch in anderen
Gegenden Frankreichs findet sich die Sage von der Mélusine als einer
verwunschenen Fürstin, die aus dem Kamin heraussteigt; vgl. Revue
des traditions populaires, VI, p. 296.

[2]) BASTIAN, Zur Kenntniss Hawaiis, S. 66 ff.

seits zieht;[1]) in einer Sage aus Südcelebes verlässt der vom Himmel herabgekommene Fürst Batâra-kalling die Erde, nachdem seine Töchter verheirathet sind.[2])

Und zur selben Klasse gehört der Mythus der Urvaçî in der Form, wie ihn KALIDASA behandelt hat: die Apsarase soll verschwinden, wenn sie dem König einen Sohn geboren und dieser ihn als seinen Sohn erkannt hat.[3])

Auch die Kaschmirsage zählt hierher: Yakscha und seine Geliebte sind in Löwen verzaubert; sie soll sich zurückverwandeln, wenn sie einem Sohne das Leben giebt. Das geschieht, aber sie stirbt.[4])

Das Gleiche gilt von dem japanischen Märchen vom Prinzen Yaschima, dessen Gattin eigentlich eine Füchsin ist, sich aber, da er ihr das Leben gerettet, zum Weibe wandelt und bei ihm zur Ehe lebt, bis sie einen Sohn gebiert; dann muss sie ihn verlassen.[5]) Der Fuchs gilt als verehrungswerthes Thier.[6])

Auch die amerikanische Sage der Moquis muss hierher gerechnet werden: ein Mann heirathet ein Schlangenmädchen und bleibt längere Zeit in ihrem Heim; dann begleitet sie ihn zu seinen Verwandten zurück. Hier gebiert sie fünf Schlangen und verschwindet.[7])

Bemerkenswerth und mit den obigen Ideen übereinstimmend ist es, dass in so vielen Märchen mit anderen Trennungsmotiven hervorgehoben wird, dass die Trennung erfolgt, nachdem das Ehepaar ein oder mehrere Kinder gezeugt hat. Vgl. namentlich den unten folgenden Çântanu-Gangamythus, den Vâsukimythus aus Mahabharata, die Lohengrinsage u. s. w.

Verwandt ist das zweite Motiv, wonach *der Zeitablauf die Trennung herbeiführt;* so in der seltsamen Sage der Aino von dem Fürsten, der eine Seelöwin mit dem Speer durchbohrt und

---

[1]) MATTHES, Boegineesche en Makassaarsche Legenden S. 3. Aehnlich die Sage S. 6 f.

[2]) MATTHES, S. 52 f.

[3]) Ueber die andere Gestaltung des Urvaçîmythus vgl. unten S. 30 f.

[4]) Märchensammlung des SOMADEVA BHATTA, übersetzt von BROCKHAUS, I, S. 55.

[5]) BRAUNS, Japanische Märchen und Sagen S. 389.

[6]) SKRZYNCKI im Ur-Quell, VI, S. 13.

[7]) Journal of American Folk-lore, I, p. 109 (Stephen und Matthews).

zu dem Frauenland kommt, wo die verwundete Seelöwin ein schönes Weib ist. Im Herbst vermählt sie sich mit ihm, aber im Frühling muss sich die Ehe lösen, weil zu dieser Zeit mulieri dentes crescunt in vagina; dann verheirathet sie sich mit dem Ostwind.[1] Der Kern ist offenbar der: das Weib wird wieder Seelöwin und die Verbindung mit dem Manne ist gelöst.

So die schöne Indianersage von der Sternentochter, die sich einem irdischen Manne vermählt und nach einiger Zeit mit ihrem Sohne zurückkehrt, später aber auch den Mann holt.[2]

Dahin können auch die vielen Mythen gezählt werden von der Blumengöttin, die nur ein halbes Jahr beim Gatten lebt und sich im Winter trennt; so bei den siebenbürgischen Armeniern,[3] und so schon der Persephonemythus u. a.

Auch in der Werwolfsage kehrt das Gesetz wieder, dass nach einer bestimmten Reihe von Jahren ein Umschlag erfolgt, der Werwolf wieder Mensch werden muss oder umgekehrt; so gilt eine siebenjährige Umwandlung bei den Kelten,[4] so die Um- und Rückwandlung nach Ablauf einiger Zeit bei den Polen;[5] und bekannt ist ja die arkadische Sage von dem Mann, der auf die Insel geht und zum Wolfe wird und nach neun Jahren als Mensch wiederkehrt, falls er keinen Menschen gefressen hat: dies sei von Zeit zu Zeit geschehen und es sei ein Mensch aus einem bestimmten Geschlechte genommen worden;[6] offenbar war hier der Wolfsglaube totemistisch.

Dahin gehört auch die Sage, dass die phoca alle neun Tage einmal die Thiergestalt ablegt und zum Menschen wird;[7] auf den Farörn glaubt man, dass sich die Seehunde wenigstens einmal im Jahre in Menschen wandeln:[8] ein häufiger Glaube, in den diese Vorstellung einer periodischen Verwandlung ausklingt.

---

[1] CHAMBERLAIN, Aino Folk-tales, p. 37 f.

[2] SCHOOLCRAFT, Myths of Hiawatha, p. 116.

[3] WLISLOCKI, Märchen und Sagen der Bukowinaer und Siebenbürgischen Armenier, S. 40.

[4] HERTZ, der Werwolf, S. 112.

[5] So im Märchen bei WOJCICKI, Polnische Volkssagen, übersetzt von LEWESTAM, S. 48 f., 66.

[6] PLINIUS, Natur. Hist., VIII, 22, nach Euanthes; vgl. auch HERTZ, S. 37.

[7] GRIMM, Mythologie (4. Ausg.), II, S. 916, Note 2.

[8] JIRICZEK in der Zeitschrift des Vereins für Volkskunde, II, S. 15.

In manchen Mythen erscheint das Motiv als geheimnissvolle Mahnung des Schicksals, die bald an das eine, bald an das andere psychische Moment anknüpft: es ist der Vater des Zauberwesens gestorben, die jenseitigen Kinder sterben, und darum muss es zurück. So in Sagen aus Wälschtyrol.[1]

Eine dritte Version des Mythus ist es, wenn das höhere Wesen, *einem unstillbaren Drange folgend, entweicht, sobald das Hinderniss schwindet, das seiner Rückkehr entgegensteht.*

Dieser Gedanke zeigt sich in mehreren Varianten; so a) in den zahlreichen deutschen Sagen von *den Nachtmahren, die durch eine Ritze in der Wand hereinschlüpfen,* die dann in menschlicher Gestalt festgehalten werden, indem man die Ritze verstopft, und die, *sobald sie die Spalte wieder finden, mit Nothwendigkeit entweichen.*[2]

So auch die litthauische Tradition, wo der Geist (lauma) durch eine Spalte eingeschlichen ist, sich in ein menschliches Wesen verwandelt, aber wieder zurückkehrt, sobald der Mann auf ihr Bitten die Spalte wieder öffnet.[3]

Dasselbe Motiv in anderer Wendung (b) hat die Erzählung des Mahabharata 13145 f., von der Tochter des Froschkönigs, die sich als Weib mit dem Fürsten vermählt, aber verschwindet und ihre Froschgestalt wieder annimmt, *sobald sie Wasser sieht*[4] — im Wasser, ja schon beim Anblick des Wassers, muss sie ihre wahre Natur wieder annehmen.

Dieselbe Version finden wir bei der Ojibwä's (Chippewä's) in folgender Gestalt: Der Jüngling (das Otterherz) heirathet ein Weib, das vom Geschlechte des Biber abstammt; sie brät ihm zwar im Anfang die Leute ihres Stammes, isst aber nicht selbst davon und veranlasst ihn, von der Biberspeise ab-

---

[1] Nachweise bei LAISTNER, Räthsel der Sphinx, I, S. 209.

[2] Literatur darüber bei KUHN, Herabkunft des Feuers, S. 81 (so namentlich WOLF's Beiträge und MANNHARDT's Mythen). So auch die Pommersche und Schweizerische Sage bei LAISTNER, das Räthsel der Sphinx, I, S. 114 f., und die Sage auf Rügen (wo die Nachtmahr ein Mann ist) ebenda I, S. 192.

[3] KARLOWICZ, Archiv für slavische Philologie, II, S. 600 (nach SCHLEICHER, Handb. der litthauischen Sprache, II, S. 199).

[4] Uebersetzung von FAUCHE, IV, p. 237; vgl. auch schon BENFEY, Pantschatantra I, S. 257.

zustehen. So waltet die Ehe glücklich. Als sie aber einmal wandern, muss er über alle grossen und kleinen Bäche Brücken bauen, damit ihr Fuss nicht in's Wasser trete. Dies unterlässt er einmal: sie kommt in's Wasser, legt die menschliche Gestalt ab und wird wieder zum Biber; ebenso ihr Kind.[1] Auch hier ist es die *Berührung mit ihrem Element*, was unweigerlich die Rückwandlung bewirkt.

Eine grotesk entstellende Wendung erfährt diese schöne Sage in der armenischen Version, die HAXTHAUSEN, Transkaukasien, I, S. 125[2]), mittheilt: Der Mann hört von einem indischen Fakir, dass seine Frau, die er einst im Gebüsch gefunden, eine verwandelte Schlange sei. Um dies zu erproben, kocht er ihr ein stark gesalzenes Gericht und sperrt alles Wasser ab. Da verlängert sie ihren Hals schlangenförmig so, dass er durch das Kamin bis zum nächsten Wasser reicht, und trinkt. Allerdings verschwindet die Frau auf diese Weise nicht, aber der Mann hat Grauen vor ihr und schiebt sie (wie die Hexe im deutschen Märchen) in den Ofen, wo sie zu Asche verbrennt.[3]

Dieselbe Erzählung begegnet uns auch im Pendschab, nur mit der verschiedenen Wendung, dass das Schlangenweib sich Nachts vom Hause entfernt, um in dem See Wasser zu trinken; bei diesem Ausgang wandelt sie sich zur Schlange: denn ein Schlangenweib müsse, wenn sie Nachts ausgeht, ihre wahre Gestalt wieder annehmen. Auch hier wird die Hexe in den Ofen geschoben und verbrennt zu Asche.[4]

Endlich gehört hierher die Kölner Sage vom Schwanenritter, der verschwindet, sobald der Schwan wiederkehrt.[5]

---

[1]) KOHL, Kitschi-Gami, I, S. 142 f.

[2]) Darauf hat bereits BENFEY, Pantschatantra, I, S. 256 hingewiesen. Diese Sage hat der Gefährte HAXTHAUSEN's erzählt; woher er sie hat, wissen wir allerdings nicht: entweder ist sie armenisch oder tartarisch, wahrscheinlich das erstere; von dem Erzähler ersonnen keinesfalls.

[3]) Das Verbrennen der Hexe, ein in dem Mythus oft wiederkehrender Zug, weil nur so die Kraft der Hexe erlischt. So auch bei Indianerstämmen; vgl. DORMAN, Origin. of primitive superstitions p. 246. So bei den Wotjäken: hier wird die Hexe mit der Schaufel in den Ofen geschoben: BUCH, die Wotjäken, S. 117.

[4]) STEEL and TEMPLE, Wide-awake stories, p. 192 f.

[5]) GÖRRES, Lohengrin S. LXXI.

Eine andere Variante (c) desselben Gedankens findet sich in der slavischen Sage, in Verbindung mit dem Glauben, dass, wer das Flügelkleid hat, die Herrschaft über das Geisteswesen besitzt[1]): der Jüngling kettet die Nymphe dadurch an sich, dass er ihr *Flügelkleid nimmt; nun findet sie aber ihr Flügelkleid* wieder und entweicht;[2]) so insbesondere auch die russische Sage, wo der Held die goldenen Schwingen der weisen Yelena in ein Kästchen birgt, sie aber den Schlüssel erlangt und entflieht.[3])

Aehnlich das Märchen auf den Farörn von den Seehunden, die einmal im Jahre sich in Menschen wandeln und ihre Haut ablegen: Ein Jüngling sieht ein schönes Mädchen aus der Hülle hervorgehen und nimmt die Haut an sich; natürlich sucht das Mädchen die Hülle und geht dem Jüngling nach. Sie leben mehrere Jahre als Menschen zusammen, indem der Mann die Seehundshaut sorgfältig verschliesst. Da vergisst er einmal den Schlüssel, die Frau öffnet, und in unstillbarer Sehnsucht nach Verwandlung nimmt sie die Hülle und entschwindet als Seehündin, indem sie ihre Kinder zurücklässt.[4])

So die schwäbische Sage[5]) von den drei Schwänen, wo gleichfalls der Jäger das eine abgelegte Schwanenkleid nimmt und es birgt: es kommt eine Jungfrau zum Vorschein, mit der er glücklich lebt, bis sie einmal das Schwanenkleid erlangt und entflieht; erst nach vielen Prüfungen finden sie sich wieder.

In der litthauischen Sage ist es eine Schlange, die ihre Haut ablegt und zum Weibe wird, aber später die Hülle wieder bekömmt, sich wandelt und verschwindet, nachdem sie den Mann und die Kinder todt gebissen hat;[6]) in der griechischen Sage eine Nereide, der ein Jüngling ihr Tuch entreisst: sie erbittet

---

[1]) Hierüber unten S. 8 und im Excurs.

[2]) Bei KARLOWICZ, im Archiv für slavische Philologie, II, S. 601.

[3]) CURTIN, Myths and folk-tales of the Russians, p. 223.

[4]) JIRICZEK in Weinhold's Zeitschrift des Vereins für Volkskunde, II, S. 15 f.

[5]) MEIER, deutsche Volksmärchen aus Schwaben, No. 7 (S. 30); vgl. auch LAISTNER, Räthsel der Sphinx, I, S. 116 f.

[6]) VECKENSTEDT, Märchen der Zamaiten, II, S. 149, 150.

es zu ihrem Tanze (gegen Rückgabe), tanzt mit empor und erscheint nicht wieder.[1])

Ebenso das Märchen der Lappen von dem Meermädchen, dessen Kleider der Bursche raubt: er heirathet sie; sie aber verschwindet, sobald sie die Kleider wieder erlangt.[2])

In der Tibetanischen Sage von der Manoharâ findet sich ein ähnliches Motiv. Die Kinnari Manoharâ kann in das Luftreich entschweben, wenn sie im Besitz ihres Kopfjuwels ist; ihr Gemahl, der Prinz Sudhana, übergibt es, als er in den Krieg zieht, seiner Mutter mit dem Auftrag, es ihr nur einzuhändigen, wenn ihr Leben in Gefahr komme. Da dieser Fall eintritt, so überantwortet ihr die Mutter den Zauber, und sie entfliegt.

Hiermit sehr verwandt ist das allerdings etwas verkümmerte japanische Märchen: Ein Fischer findet ein Federkleid; natürlich erscheint die Nymphe und bittet um Rückgabe; der Fischer giebt es zurück, wenn sie ihm verspricht, den himmlischen Tanz vorzutanzen; dies thut sie und entschwindet.[3])

Auch die Eskimosage mag hierher gehören, wo ein Mann Weiber baden sieht und der einen das Kleid nimmt; dadurch wird er ihrer mächtig, und während die anderen Frauen als Vögel fortfliegen, vermählt sie sich mit ihm und gebiert zwei Kinder. Einmal liest sie mit ihren Kindern auf dem Wege Federn auf und sagt ihnen: ihr seid mit den Vögeln verwandt; sie heften sich die Federn an und entfliegen, und sodann die Mutter auch. Der Mann hatte eben der Frau ihr Kleid gelassen und ihr dadurch ermöglicht, mit Hülfe neuer Federn die Vogelnatur wieder anzunehmen. Die Sage ist übrigens etwas entstellt: der Mann schiesst von dem Moment ihres Verschwindens keine Robben mehr und betrachtet die Schädel von Robben als seine Kinder; offenbar gab es ein Märchen, wo die Frau ein Robbe, und eines, wo sie ein Seevogel war, und beides ist hiermit verschmolzen.[4])

---

[1]) LAISTNER, I, S. 122.
[2]) POESTION, Lappische Märchen, S. 55 f.
[3]) SCHIEFNER und RALSTON, Tibetan tales, p. 54 f., 61 f.
[4]) BRAUNS, Japanische Märchen und Sagen, S. 349.
[5]) RINK, Tales of the Eskimo, p. 145 (nr. 12).

Ein viertes Trennungsmotiv ist folgendes: Das göttliche Wesen entschwindet, *wenn Umstände eintreten, die seiner menschlichen Existenz zuwider sind.*

Solche Umstände können sein, a) *dass seinen Genossen oder Mitwesen ein Leides geschieht.* Dahin gehört die nordindische Sage von der Peri, die entweicht, weil der Mann gegen ihr Verbot auf die Jagd geht[1]): die Jagd richtet sich gegen ihre Gefährten der Luft und widerspricht daher dem Wesen des Luftgeistes.

Ebenso die Sage der Armenier (in Siebenbürgen) von der Meerfee, die auftaucht und sich dem Fischer vermählt; sie verlässt ihn auf drei Tage und macht ihm zur Bedingung, dass er in dieser Zeit keine Fische fange; er hält das Gebot zwei Tage und verletzt es am dritten. Da erscheint sie, spuckt ihm in's Gesicht und verschwindet; er selbst stirbt in drei Tagen.[2])

Aehnlich die Ititaujangsage der Eskimo, die ich, weil sie wenig bekannt ist, ausführlicher wiedergebe.[3]) Ititaujang, der Mann mit dem hässlichen Namen,[4]) kommt auf folgende Weise zu seiner „Gans“: er sieht eine Herde Gänse im Teiche, die ihre Schuhe am Ufer stehen haben, und nimmt sich Schuhe weg; die Eignerin sucht ihren Schuh, er gibt ihn aber nur, wenn sie ihn heirathet: sie willigt ein und wird, sobald sie in die Schuhe getreten, ein Weib. Ueber dieses ungemein häufige, schon oben berührte Einleitungsmoment ist später im Excurs zu handeln; es findet sich ja noch in verschiedenen unserer Mythen, so auch in dem unten zu erwähnenden Mythus aus Celebes, wo der Mann das Taubengewand nimmt und dadurch der Gebieter des hierunter verborgenen Wesens wird.[5]) Doch kehren wir zu unserem Ititaujang zurück.

Das Trennungsmotiv ist folgendes: Ein Walfisch ist erlegt und Ititaujang arbeitet daran, Stücke abzuschneiden. Seine

---

[1]) LIEBRECHT, Germania, N. F., X, S. 184.

[2]) WLISLOCKI, Märchen und Sagen der Bukowinaer und Siebenbürgischen Armenier, S. 140 (nr. 51).

[3]) Smithsonian Institution, VI Annual Report of the Bureau of Ethnology 1884/85 (Washington 1888), p. 615 f.

[4]) Ititaujang = anus.

[5]) SCHIRREN, Wandersagen der Neuseeländer, S. 126, 127.

Frau will ihm nicht helfen und nichts vom Walfisch geniessen: denn ihre Nahrung sei nicht von der See, sondern vom Lande. So ergreift sie Federn und fliegt, wieder in eine Wildgans verwandelt, mit dem gleichfalls verwandelten Kinde fort.

Offenbar liegt das Motiv darin, dass sie als *Wasserfrau nichts verzehret, was aus dem Wasser stammt;* also ähnlich wie oben.

Noch sei hier eines beigefügt: In der Sage der Eskimo, wie auf Celebes[1]), wird der Mythus dahin fortgesetzt, dass der Mann in abenteuerlichem Weltenzuge die Entschwundene sucht und sie nach vielen Irrsalen in einer anderen Welt wiederfindet. So auch in der Melusinensage der Cegihaindianer: hier kehrt auch, wie in der Eskimosage, das eine Motiv wieder, dass der Mann auf diesen Irrsalen durch einen See fährt, den man nur mit verbundenen Augen durchfahren darf[2]) (den See der Unterwelt![3])

Auf diese Cegihasage ist nunmehr einzugehen, denn das Trennungsmotiv gehört derselben Klasse an; es ist

b) *das Trennungsmotiv der Eifersucht:* Das höhere Wesen verschwindet, wenn es hinter einem profanen Wesen zurückgesetzt wird. Die wenig bekannte Sache der Cegihaindianer lautet aber:

Der Held wird furchtbar durch Durst geplagt. Da sprudelt ihm zwar eine Quelle; wie er aber an das Wasser will, steigt eine Schlange hervor; er flieht zurück, und so dreimal. Das viertemal ist die Schlange in ein schönes Weib verwandelt, das

---

[1]) Ebenso auch in dem Hinete-Iwaiwamythus der Neuseeländer der unten (S. 10) zu erwähnen ist.

[2]) Ein Motiv, das auch sonst in der Eskimosage vorkommt; RINK, Tales of the Eskimo, p. 196. Vgl. auch unten S. 52.

[3]) Hier sei noch eines merkwürdigen Zuges erwähnt. Auf der Suche nach dem Weibe findet Ititaujang einen Mann von merkwürdiger Gestalt: sein Rücken ist ganz hohl, so dass man von hinten durch seinen Mund sehen kann; man darf ihn aber nicht von dieser Seite anschauen, sonst tötet er einen (a. a. O. VI, S. 617). Das stimmt zu dem bekannten Mythus, wonach der Teufel keine Rückseite hat und es Geister giebt, die von hinten wie ein hohler Baum ausschauen (vgl. BASTIAN, Loangoküste, II, S. 193), die auf der Rückseite hohl sind, wie ein Trog; vgl. LAISTNER, Räthsel der Sphinx, I, S. 341, 342. Vgl. darüber unten S. 47.

ihm zu trinken gibt und ihm einen Ring reicht: wenn er bei
Tisch ihren Ring hinlege, so erscheine sie. Und so geschieht
es längere Zeit. Da bewirbt sich der Mann um eine zweite
Frau, und die Eifersucht darob treibt das Schlangenweib fort.
Er verfolgt ihre Spur, durchfährt zu diesem Zwecke jenen
See, den man mit geschlossenen Augen passirt, kommt in das
Land des Weibes, tödtet es hier mit seiner Umgebung, kehrt
heim und freit das neue Weib.[1]

Dieses Eifersuchtsmotiv kehrt auch in der polynesischen
Hinete-Iwaiwasage wieder. Die Hinete-Iwaiwa ist mit
dem Thierreich verwandt: ihr Bruder kann sich in einen Vogel
gestalten, sie selbst erscheint als Halbfisch, Halbmensch. Als
menschliche Frau verheirathet sie sich mit dem zauberkräftigen
König Tinirau und gebiert ihm zwei Kinder. Der König wird
ihrer überdrüssig und vernachlässigt sie gegenüber seinen
sonstigen Frauen: da ruft sie ihren Bruder, der sie in die Fittige
nimmt und davon trägt.[2] Die Sage wird auch so erzählt, dass
Hinete-Iwaiwa verschwindet, weil Tinirau gegen sie eine
ungehörige Bemerkung machte. Uebrigens sucht und findet
auch hier der Mann seine Geliebte nach abenteuerlichem Zuge
wieder.[3]

Eine abgeschwächte Form dieser Mythenbildung ist die
Sage in Hitopadeça. Die Tochter des Feenkönigs, sie heisst
Ratnamandschari, taucht mit halbem Leibe aus den Fluthen;
der Jüngling Kandarpaketu springt ihr nach und kommt in
ihren Goldpalast. Hier lebt er in guter Ehe, darf aber das
Bild der Fee Svarnalekha nicht berühren. Er berührt
es an der Brust und wird wieder in sein Land zurückge-
schleudert.[4]

Eine besondere Gestalt nimmt der Mythus an, wenn die
Untreue des Menschen und die Eifersucht des Geistes *zum
Verderben und Unheil des Ungetreuen* ausschlägt. So bei-
spielsweise in dem deutschen Märchen von der Tochter des

---

[1] Contribution to North-American Ethnologie, VI, p. 189 f., 201 f.
[2] WHITE, Ancient history of the Maori, II, p. 141; LESSON, Les
Polynésiens, IV, p. 307 f.
[3] WHITE, II, p. 136 f.
[4] Hitopodeça, übersetzt von FRITZE, S. 57 f.

Moores;[1]) und so in der bekannten Ortenauer Sage des Peter von Staufenberg, der in drei Tagen sterben muss, nachdem er, der Geisterbraut untreu, ein ehelich Weib nimmt; als Zeichen des Todes erscheint der Fuss des Geisterweibes.[2]) Dass auch hie die Geisterbraut ursprünglich ein verzaubertes Thierwesen war, zeigt die verwandte Sage vom Stollenwald, wo das Weib zur Schlange wird und nicht der Fuss, sondern, was viel plausibler ist, der Schlangenschweif an der Decke erscheint.[3])

Merkwürdig ist es, wie das Staufenbergmotiv im fernen Westen, bei den Algonquins wieder erscheint. Es ist ein Rebhuhnweib, das sich mit dem Jüngling verbindet und ihm stets erscheint, wenn er sie im Walde sucht. Aber er darf nicht heirathen, sonst geht es ihm schlecht. In der That erfasst ihn am vierten Hochzeitstag eine tödtliche Krankheit und er stirbt.[4])

Das Eifersuchtsmotiv ist auch sonst bekannt; auch die Medeasage gehört hierher, wo die Zauberin auf einem *von geflügelten Drachen gezogenen* Wagen davon fährt.

c) Oder es geschieht sonst etwas, das *eine schwere Verletzung des Wesens enthält.*

Hierher gehört der Fall des russischen Märchens, wo ein Falke sich zum Mädchen durchs Fenster schwingt und sich in einen Prinzen verwandelt und die Schwestern des Mädchens zum Torte Messer in die Fenster stecken; so dass er sich als Falke den Fuss verletzt und nicht mehr kommt, bis ihn das Mädchen in der Ueberwelt sucht und nach manchem Abenteuer wieder findet.[5])

In anderer Verbindung ist dieses Element häufig: die Heinzelmänner, die Zwerge verschwinden, weil man ihnen unartig begegnet.[6])

---

[1]) Willkomm, Sagen und Märchen aus der Oberlausitz, I, S. 97.

[2]) So in der Dichtung Egenolt's von circa 1310, herausgegeben von Edward Schröder, Zwei altdeutsche Rittermären (1894), S. 61 f.

[3]) Menzel, Geschichte der deutschen Dichtung, I, S. 196, Schröder a. a. O. S. XLIX, nach Baader in Mone's Anzeiger, III, S. 88 (1834).

[4]) Leland, Algonquin legends, p. 298 f.

[5]) Curtin, Myths and Folk-tales of the Russians, p. 47 f. In diesem Märchen findet sich auch der Zug von der mythischen Rose, die das Wesen herbeilockt und bewirkt, dass das Mädchen es heirathen muss.

[6]) Beispiele bei Laistner, I, S. 343 und bei Henne-Am Rhyx, Deutsche Volkssagen (2. Aufl.), S. 345 f.

Hieran reiht sich auch die Version (d), dass der entzauberte *Geist schwinden muss, wenn der Geliebte zu unrechter Zeit tief schläft* und ihm der Geist mehrfach vergebens erscheint. Ein beliebtes Motiv ist hier, dass ein feindliches Wesen dem Geliebten einen Schlaftrunk giebt und er sich erst das letztemal, bei der letzten Erscheinung, wachend erhält. So beispielsweise das ungarische Märchen von dem Schilfmädchen, das zweimal vergebens kommt und verschwinden müsste, wenn er das drittemal nicht das Schlafmittel zurückwiese.[1]

Und so findet sich dieses Motiv vom dreimaligen Erscheinen des Geistes, wo erst zum drittenmal der Geliebte oder Gatte ihn erkennt, besonders auch in deutschen Märchen, namentlich wenn die Gattin aus der Geisterwelt wieder erscheint, um zu ihrem Gatten oder ihren Kindern zurückzukehren.

Eines weiteren Nachweises bedarf es nicht.

Derselben Klasse gehört das Trennungsmotiv (e) an, wenn das Thierwesen sofort *verschwindet,* sobald man die *zurückgelassene Haut* (Affenhaut, Schlangenhaut u. s. w.) *verbrennt;* denn es verträgt sich mit der Existenz des zum Menschen verzauberten Wesens nicht, dass seine Verbindung mit der ursprünglichen Wesenheit abgeschnitten wird:[2] man darf zwar diese Hülle zeitweise an sich nehmen und bekommt dadurch das Wesen in seine Herrschaft; aber man darf nicht durch Zerstörung der Hülle die Existenzbedingung des Wesens untergraben: es kann auf der Erde nur existiren, solange der Kontakt zwischen der Menschen- und Thierexistenz aufrecht erhalten wird; der Versuch, die Thierexistenz zu zerstören, muss nothwendig scheitern, da man die innere Natur des Geistes nicht zerstören kann, und muss nothwendig zur entgegengesetzten Folge führen, dass man dem Wesen die diesseitige Erscheinungsmöglichkeit benimmt. Ein tragisches Motiv: die allzugrosse Liebe, die das Wesen der . Menschenwelt und der Familie erhalten möchte, führt den Untergang herbei!

Das klassische Beispiel dieser Motivbildung ist die indische Sage von der Madanarekhà, die sich mit dem Esel vermählt,

---

[1] Curtin, Myths of the Russian, Western Slavs and Magyars, p. 457 f., 473 f.

[2] Zahlreiche Beispiele dafür bei Benfey, Pantschatantra, I, S. 261 f.

um das Unheil von ihrer Stadt abzulenken. Dieser wandelt sich in eine himmlische Gestalt um, und die Ehe ist glücklich. Da wirft die Mutter der Frau das zurückgelassene Fell in das Feuer; — jetzt muss er verschwinden, und zwar wird dies so motivirt, dass die Eselsgestalt auf einem Fluch beruhe und dass der Fluch nunmehr von ihm gewichen sei.[1])

Ein zweites Märchen stammt aus dem Mund eines indischen Märchenerzählers.[2]) Der Prinz verheirathet sich mit einer Aeffin (zunächst einem Tamarindenbaum), und der Grund dessen beruht auf dem häufig wiederkehrenden Begebniss, dass der Vater Pfeile ausschwirren lässt, die da niederfallen, wo sich die künftige Braut findet. Die Aeffin legt einmal die Affenhülle ab und wird zum schönen Weib; da verbrennt der Gemahl die Hülle — aber jetzt verschwindet die Geliebte und es schwindet auch der ganze Zauber des magischen Schlosses, in dem der Prinz bei seiner Geliebten gewohnt hatte.

Ein polnisches Märchen[3]) hat mit diesem indischen den Eingang gemeinsam; nur ist es eine Kröte, die durch den Pfeil als Gemahlin bezeichnet wird: sie verwandelt sich in ein schönes Weib — da verbrennt ihr Mann die hässliche Schale und sie verschwindet: sie bleibt jetzt wieder auf lange verwünscht.

So auch das durch den Buddhismus zu den Kalmücken gekommene Märchen[4]) von dem Mädchen, das einen Vogel heirathet; er verlässt zeitweilig das Vogelhaus und verwandelt sich in einen schönen Mann; da verbrennt das Mädchen das Vogelhaus: er erklärt, sie habe damit seine Seele verbrannt, verschwindet, und erst nach manchen Schicksalen kehrt er zurück.

In abgeschwächter Gestalt findet sich dieser Zug im russischen Märchen, wo der Held den goldenen Vogel holen will, der ihm aber entgeht, weil er sich vermisst, das goldene Käfig mitzunehmen.[5])

Hierher gehört ferner die armenische Sage von dem Weib, das sich zeitweilig als Wolf herumtreibt und Kinder verzehrt,

---

[1]) WEBER, Indische Studien, XV, S. 252.
[2]) Wiedergegeben im Asiatic Journal, XI (1833), p. 206 f.
[3]) WOJCICKI, Polnische Volkssagen, übersetzt von Lewestam, S. 101 f.
[4]) JÜLG, Märchen des Siddhi-kür, S. 89 f. (nr. 7).
[5]) CURTIN, Myths and Folk-tales of the Russians, p. 24.

aber, als der Mann das Wolfsfell findet und verbrennt, entschwindet.[1]

So die deutsche Sage von dem Verschwinden der Schwanenjungfrau, nachdem man das Schwanenhemd vernichtet hat;[2] oder gar von dem in ein Schwein verwandelten Gatten, dessen Borstenhülle die Schwiegermutter verbrennt, so dass er verschwindet und erst nach schwieriger Suche wieder gefunden wird.[3]

Auch in der böhmischen Sage kehrt dies wieder: die verzauberte Kröte, die sich in die Prinzessin zurückverwandelt, hinterlässt als Hülle zwölf Hemden, ausserdem zwölf Kerzen, die sie als Kröte ständig gebannt hatten. Nach der Hochzeit verbrennt die Mutter des Jünglings die Hemden und Kerzen: die Prinzessin verschwindet und kann erst aus tiefem Zauber wieder hervorgesucht werden.[4]

Auch sonst zeigt sich dieser Zug in mehr oder weniger abgeschwächter Gestalt.

Hierher gehört eine Sage aus Celebes, wo die Nymphe Utahagi sich mit einem Sterblichen verbindet. Aber sie hat ein weisses Zauberhärchen; der Mann reisst es aus und sie verschwindet.[5] Die Hülle ist hier also zu einem blossen Härchen geworden.

Aehnlich ist es in der Sage von Kashmir; dort ist es ein Halsband, das die Fee trägt, und die Trennung von diesem lässt sie verschwinden.[6]

In der deutschen Sage ist es eine Goldkette, bei deren Wegnahme die Kinder zu Schwänen werden.[7]

Dahin strebt auch der Zug des slavischen Märchens, wo die Pfauenhenne sich in ein wunderschönes Mädchen verwandelt, aber als Pfauenhenne wieder verschwindet, weil ein ver-

---

[1] Haxthausen, Transkaukasien, I, S. 322.

[2] So Haltrich, Deutsche Volksmärchen aus Siebenbürgen, S. 23 f.

[3] Haltrich, S. 228.

[4] Curtin, Myths of Russians Western Slavs and Magyars, p. 331 f.

[5] Schirren, Wandersagen der Neuseeländer, S. 126; Kuhn, Herabkunft des Feuers, S. 79. Das Zauberhaar statt der Geisterhülle findet sich auch in Krauss, Sagen und Märchen der Südslaven, I, S. 476 f.

[6] Knowles, Kashmir folk-tales, p. 463 f., 467 f.

[7] Görres, Lohengrin, S. LXXIII. Vgl. auch unter S. 48 Note 5.

borgenes Weib ihr den Zopf abschneidet:[1]) offenbar ist der Zopf das Symbol des Pfauenschweifes.

Und als Ausläufer dessen erscheint der Zug des germanischen Märchens, dass die Schlange stirbt, wenn man ihr Krönchen genommen hat.[2])

Allerdings findet sich von allem diesen auch die entgegengesetzte Behandlung, wonach es gelingt, das Wesen durch Vernichtung der Zauberhülle an das Diesseits zu heften.

Sie begegnet uns in der Sage der Tlinkitinsulaner in Alaska, wo die Frau allerdings nicht den Mann, aber die Kinder auf solche Weise zur menschlichen Erscheinungsform zwingt. Der Mythus ist folgender: Ein Hund gesellt sich in Menschengestalt zu einer Frau; diese gebiert acht Hunde. Solange die Mutter abwesend ist, nehmen sie Menschengestalt an und ziehen sich ihre Hundekleider ab; vor der Rückkehr der Mutter legen sie sie wieder an. Da überrascht sie die Mutter einmal unvermerkt und verbrennt die Häute, wodurch sie definitiv in Menschen verwandelt werden.[3]) Man muss hierbei berücksichtigen, dass es die Kinder der menschlichen Mutter sind, und es ist eine häufige Sagenbildung, dass diese nur zeitweise die Thierform an sich tragen.[4])

In ähnlicher Weise gilt dieses Motiv in dem südslavischen Märchen von der in eine Schlange verwandelten Kaisertochter, die entzaubert wird, wenn ihre Haut in Flammen aufgeht.[5])

Ebenso im Märchen des Pantschatantra von dem Brahmanensohn, der als Schlange geboren wird; er verwandelt sich in einen Jüngling und sein Vater verbrennt die Schlangenhülle, damit er nicht in Schlangengestalt zurückkehre;[6]) und ebenso

---

[1]) KRAUSS, Sagen und Märchen der Südslaven, I, S. 352 f. Dieses Märchen zeigt im Fortgang noch weitere Züge des Melusinentypus, wovon unten S. 28 f. zu handeln ist. So auch das Märchen ebenda, I, S. 397 f. In abgeschwächter Form waltet das gleiche Motiv in dem Märchen ebenda, I, S. 389 f. und S. 409 f. und in dem russischen Märchen vom Iwan Czarewitsch bei CURTIN, Myths and Folk-tales of the Russians, p. 20.

[2]) Beispiele bei HENNE AM RHYN, Deutsche Volkssagen (2. Aufl.), S. 335.

[3]) KRAUSE, Tlinkitindianer, S. 269.

[4]) Vgl. unten S. 33.

[5]) KRAUSS, Sagen und Märchen der Südslaven, II, S. 162, 167.

[6]) BENFEY, Pantschatantra, II, S. 144 f., 147 f.

das bekannte deutsche Märchen vom Hans mein Igel, der sich zum Menschen wandelt und seine Igelhaut verbrennen lässt;[1] und das litthauische Märchen, wonach man die zur Schlange verzauberte Jungfrau erlöst, wenn man die Haut sofort verbrennt.[2]

Ebenso das Lappische Märchen von dem Meermädchen, das in seine menschliche Gestalt auf Erden gebannt ist, nachdem man seine Meerkleider auf Nimmerwiedersehen geborgen hat.[3]

Auch bei den Malaien zeigt sich der Zug, dass man der Himmelsfrau die Kleider verbrennt und sie so an die Erde kettet; so bei den Battaks.[4]

Eine völlige Umkehrung des ursprünglichen Motives ist es, dass in manchen deutschen Märchen, wer der Schlange das Krönchen *nimmt, selbst sterben muss.*[5] Als ein gefährliches Unternehmen gilt dies auch sonst, z. B. bei den Esthen,[6] weil dann die ganze Schlangenbrut dem Diebe nachsetzt; auch in Deutschland, in der Art, dass, wer beim Raube des Krönchens nur einen Laut ausstösst, sterben muss.[7]

Das gleiche Trennungsmotiv findet sich in der Variante (f), dass das Wesen die Erde verlassen muss, *wenn es von einem Lichtstrahl betroffen wird.* Dies verträgt sich nicht mit seiner Natur als Nachtgeist, als Geschöpf der Unterwelt: ein Lichtstrahl bringt es zum Verschwinden; wehe! wenn man es im Schlaf mit Lampe oder Kerze betrachtet.

So die hessische Sage vom Löweneckerchen und so die verwandte dänische und norwegische Sage: in der hessischen Sage ist es ein Löwe, in der dänischen ein Wolf, in der norwegischen ein Bär, mit dem das Mädchen verbunden ist; in allen diesen Erzählungen verwandelt sich der Geliebte des Nachts in einen schönen Mann, aber er leidet keinen Lichtstrahl, und sobald ihn aus Zufall oder aus Schuld des Mädchens,

---

[1] Grimm, Kinder- und Hausmärchen, No. 108.

[2] Veckenstedt, Märchen der Zamaiten, II, S. 149.

[3] Poestion, Lappische Märchen, S. 58 f.

[4] Niemann, in den Bijdragen tot de tal-land-en volkenkunde van Nederl. Indië 3 volgr., I, S. 266.

[5] Henne-am Rhyn, Deutsche Volkssagen (2. Aufl.), S. 115.

[6] Wiedemann, Aus dem Leben der Esthen, S. 455 f.; Russwurm, Sagen aus Hapsal, S. 180 f.

[7] Wolf, Hessische Sagen, S. 127.

das sich, ungehorsam (auf Anstiften der Verwandtschaft), mit
dem Lichte über ihn beugt, ein Lichtstrahl trifft, muss er verschwinden. Es ist begreiflich, wie dieser Zug des Märchens
für dramatisch bewegte, psychisch erregte Scenen den frucht-
baren Anlass geboten hat.[1] Auch bedarf es keines Hinweises,
dass das Amor-Psychemärchen dieses Moment in sich trägt; und
das realistische Motiv, dass ein Tropfen Oeles auf den Jüngling
fällt und ihn weckt, stimmt mit dem Zug der norwegischen
Sage, wo der Schlafende durch einen Tropfen des Talglichtes
aus dem Schlummer aufgestört wird — beides sind reale Er-
klärungen, die den Kern der Sage verhüllen.[2]

In ursprünglicherer Gestalt findet sich der Amor-Psyche-
mythus in der slavischen Sage (im Gouvernement Minsk), wo
ein Drache sich mit der Tochter eines Försters verbindet, indem er sie auf sein Schloss nimmt und ihr Nachts als Jüngling erscheint. Sie betrachtet ihn einmal mit Licht, ein Funke
fällt auf ihn: er erwacht und verschwindet.[3]

Ferner in der bekannten Sage von der schönen Meliur,
die sich ungesehen dem Grafen verbindet: er lässt sich, da
es heisst, dass sie ein Ungeheuer sei, verleiten, sie im Schlafe
zu beleuchten, und sie entflieht; endlich in der deutschen
Sage von Friedrich von Schwaben, der sich mit einem Weib
vereinigt, das untertags Hirschkuh ist: auch hier beleuchtet er
sie gegen ihr Verbot und sie entschwindet; doch erreicht er
sie wieder nach vielen Abenteuern.[4]

---

[1] Diese hessische Sage ist bekanntlich bei GRIMM, Kinder- und
Hausmärchen, No. 88; die dänische und norwegische s. bei WEINHOLD,
Zeitschrift des Vereins für Volkskunde, III, S. 201 (aus den Sammlungen
von GRUNDTVIG und ASBJÖRNSEN); die dänische findet sich auch im
Folk-Lore Report, III, part II, p. 225.

[2] Die Amor-Psyche-Episode des Apulejus hat eine gerechte Berühmt-
heit erlangt; allein diese verdankt sie mehr dem Umstande, dass sie uns
überhaupt den wunderschönen Mythus erhalten hat, als der Art, wie der
Mythus hier ausgestaltet ist: die Ausgestaltung ist eine modernisirte,
salonmässige, und der naive Charakter des Märchens ist geschwunden;
schon dass der Geliebte nicht herzhaft als Schlange bezeichnet wird, welche
nächtlich die Gestalt wandelt, nimmt der Darstellung den naiven Reiz
des alt-volksthümlichen.

[3] KARLOWICZ, Archiv für slavische Philologie, II, S. 596.

[4] Beide auch bei MENZEL, Gesch. d. deutsch. Dichtung, II, S. 195, 196 f.

Etwas modificirt erscheint das Motiv in der böhmischen
Sage, wo die Braut, deren Haar zu Gold wird, stets einen
Schleier tragen muss; auf der Brautfahrt trifft sie ein Sonnen-
strahl schleierlos: da verwandelt sie sich in eine goldene Ente.[1]

Damit hängt auch der umgekehrte Glaube zusammen, dass
der Werwolf sich zum Menschen gestalte, wenn er sich dreimal gegen die Sonne dreht.[2]

Von hier ist nur ein Schritt zu jener vielseitigen Sagengruppe (g), wo der unterirdische Genosse verschwindet, *weil er in
den Tag hinein bleibt und dadurch seinen Untergang herauf-
beschwört:* der unterirdische Geist ist ein Nachtgeist und der
Tag darf ihn nicht sehen.

Die Reihe dieser Sagen ist so zahlreich und bekannt, dass
nur weniges angeführt zu werden braucht.

So die serbische Erzählung vom König Troyan, der nur
Nachts zu seiner Geliebten kommen kann: sonst vergeht und
schmilzt er;[3] so die fernere slavische Sage vom Nachtgeist, der
sich mit Frauen mischt, aber untergeht, wenn er den Morgen
über bleibt.[4]

Aehnlich die zahlreichen deutschen Sagen, wo oftmals
die Geisterstunde noch mehr beschränkt ist.

So wird die Mähr auch von der Nixe des Mummelsees erzählt, die über die Mitternachtstunde ausblieb u. a.[5] Weitere Sagen
über die Erdweiblein, die sich über Mitternacht verspäten, finden
sich bei HENNE-AM RHYN, Deutsche Volkssagen (2. Aufl.), S. 335.

Eine andere Wendung dieses Mythus ist (h): der Geist verschwindet, *wenn er in die Gegenwart des Königs kommt:* die
Anwesenheit des hellsehenden Königs ist dem Nachtgeist ebenso
verderblich wie der Lichtstrahl.

Dahin gehört die dänische Mähre von der Schwanenjungfrau, welche den Jüngling unter der Bedingung heirathet, dass
er den König nicht auf die Hochzeit einlade.[6]

---

[1] GERLE, Volksmärchen aus Böhmen, II, S. 327, 344.
[2] RUSSWURM, Sagen aus Hapsal, S. 166.
[3] KARLOWICZ, Archiv für slavische Philologie, II, S. 596.
[4] Ebenda, II, S. 596.
[5] MEIER, Sagen, Sitten und Gebräuche aus Schwaben, I, S. 71.
[6] LAISTNER, Räthsel der Sphinx, I, S. 243 (nach Grundtvig u. a.).

Aehnlich die später (S. 27) zu erwähnende keltische Sage.

In entstellter Form findet sich dieses Motiv im Lappischen Märchen von dem Schwan, dem der (männliche) Aschenputtel das Federkleid nimmt: natürlich ist es eine Jungfrau, die den Aschenputtel heirathet und auch mit sich führen will; aber Aschenputtel will vorher zum König und sich die Erlaubniss erbitten: der König giebt ihm nunmehr so schwere Aufgaben zu erfüllen, dass zuletzt die Geliebte verschwindet. Nach vielen Abenteuern erreicht er sie wieder.[1]

Damit dürfte sich am meisten die Wendung berühren, dass der *Geist verschwindet (i), wenn man ihn gegen sein Verbot mit den Verwandten des anderen Theiles zusammenbringt;* so im Lappischen Märchen, das unten (S. 59) zu besprechen ist.

Eine weitere Wendung (k) ist es, dass der *Geist verschwindet, wenn ihn der Genosse in dieser verwandelten Gestalt anruft:* den Zuruf kann die ätherische Gestalt des Wesens nicht ertragen.

So die ergreifende Badener Sage von dem Jüngling, dessen Elfenbraut entschwindet, wenn er, während sie in ihrer wahren Gestalt weilt, ihr zuruft;[2] er sieht, wie sie ein zahmes Reh streichelt: wahrscheinlich hat er sie nach der ursprünglichen Gestalt der Sage als Reh erblickt, — wovon dieses Attribut des Rehleins ebenso ein Residuum ist, wie der Schwan beim Schwanenritter.

Und so die unzähligen deutschen Erzählungen, wo der Geist entflieht, wenn man ihn bei seinem wahren Namen nennt;[3] so beispielsweise die Sage vom Neck auf den Farörn.[4]

Umgekehrt ist die hessische Sage von der Frau, die, zeitweilig in einen Wolf verwandelt, dem Mann stets Fleisch heim bringt; nennt er sie aber bei ihrem Namen, so verschwindet der Bann und sie steht als Menschenweib vor ihm.[5] Auch sonst gilt der Satz, dass die Namennennung den Werwolf entzaubert.[6]

---

[1] POESTION, Lappländische Märchen, S. 236.

[2] WÜRTENBERGER, Schwarzwaldsagen, S. 14.

[3] Nachweise finden sich in grosser Zahl bei LAISTNER, Räthsel der Sphinx, I, S. 214, 215.

[4] IRICZEK, Zeitschrift für Volkskunde, II, S. 8.

[5] GRIMM, Mythologie (4. Ausg.), II, S. 917, Note 1, und ANDREE, Ethnographische Parallelen, S. 64.

[6] HERTZ, Werwolf, S. 84.

Keiner der vorigen Trennungsgründe aber ist so häufig und so ergreifend, wie die Gestaltung mit dem fünften Trennungsmotiv, wenn nämlich das höhere Wesen verschwindet, nachdem man es in seiner wahren Gestalt gesehen oder seine Herkunft erkannt oder sie anderen Personen verrathen hat.[1])

Dieses Motiv gilt in verschiedenen Varianten:

So (a) der eigentliche Melusinentypus: das Zauberwesen entflieht, *sobald es sein irdischer Partner in seiner eigentlichen Gestalt geschaut hat.*

Dieses Märchen zeigt in deutschen und romanischen Ländern eine Fülle von Gestaltungen, bei denen sich oft nicht festsetzen lassen wird, ob sie originär entstanden oder durch die populär gewordene Sage aus Poitou angeregt worden sind.[2])

So auch die Siebenbürger Sage, wo die Schwanenjungfrauen als Schwäne verschwinden, wenn man das Gelass öffnet und sie sieht.[3])

Eine spätere, den Sinn des Märchens verwischende Umgestaltung ist es, dass die Schlangenmelusine als Teufelin beschworen und in die Unterwelt verwünscht wird.[4])

Der Melusinentypus findet sich auch bei den Esthen: Der Jüngling lebt mit der Meermaid auf ihrem Schloss in Herrlichkeit; sie zieht sich zu gewisser Zeit in ihre wahre Gestalt heimlich zurück, und der Zauber schwindet, als der Jüngling sie gegen ihr Gebot in ihrem Gelass badend erblickt.[5]) Hier kehren die Züge der Melusinensage so drastisch wieder, dass

---

[1]) Das Motiv findet sich auch in der Sagengruppe der Heinzelmännchen, die verschwinden, sobald sie sich bemerkt wissen; Beispiele bei LAISTNER, I, S. 338.

[2]) Ueber diese Varianten verweise ich auf die oben (S. 1) erwähnten Schriften; vgl. auch bezüglich Mährens WILLIBALD MÜLLER, Beiträge zur Volkskunde der Deutschen in Mähren (1893), S. 27; ferner LAISTNER, das Räthsel der Sphinx, I, S. 194. Ueber die Sage im Harz, wo die Melusine halb Mensch, halb Fisch ist, vgl. EY, Harzmärchenbuch, S. 173.

[3]) HALTRICH, Deutsche Volksmärchen aus Siebenbürgen, S. 21.

[4]) Beispiel bei LAISTNER, I, S. 195.

[5]) WILDEMANN, Aus dem Leben der Esthen, S. 433 und KREUTZWALD, Esthnische Märchen (übersetzt von LÖWE), Nr. 16, S. 212 f.

an Entlehnung zu denken wäre,[1]) wüssten wir nicht, wie gleich-
mässig sich oft die Märchen der getrenntesten Völker entwickeln.

So treffen wir ja das Melusinenmärchen mit allen wesent-
lichen Zügen in Japan: Hohodemi vermählt sich mit der
Tochter des Meergottes, mit Toyotamahime, und verweilt längere
Zeit in seinem Palaste. Nach drei Jahren kehrt er aus Heimweh
in sein Land zurück; die Gemahlin folgt ihm schwanger nach
und gebiert ein Kind; sie verlangt aber, dass er sie allein
lasse, bis sie zu ihm schicke: das verspricht er, aber er erfüllt
es nicht und sieht sie in der Gestalt eines Drachens sich am
Fussboden hin- und herwinden; da verlässt sie ihn unter Rück-
lassung ihres Kindes.[2])

Auch bei den Aino's zeigt sich dieses Motiv. Die Frau
des Okikurumi bringt zur Zeit, als die Erdrinde noch eine
dünne Kruste über dem Erdfeuer bildet, den Menschen, welche
darum ihre Hütten nicht verlassen dürfen, Nahrung; aber
sie dürfen sie weder sehen noch fragen; da zieht sie ein
vorwitziger Aino in die Hütte hinein — und sie verschwindet
unter Donnergetöse in Gestalt eines geringelten Drachen.[3])

Auch die Amor-Psychesage gehört insofern hierher, als
es nicht bloss der Lichtstrahl, sondern die Betrachtung des
Zauberwesens in der Lichtbeleuchtung ist, was zur Trennung
Anlass gibt; und ähnlich in verwandten Sagen (oben S. 17).

Auch die Mummelseesage wird auf diese Art erzählt,[4])
dass der Jüngling der Nixe nachgegangen sei, um ihre Heimath
und Art zu erfahren; da sah er, wie sie in das Wasser tauchte,
und nun erhob sich ein Donner, blutrothe Wellen schlugen in
die Höhe: die Nymphe war und blieb verschwunden.

Eine Modifikation finden wir bei verschiedenen Völkern:
das Thierwesen verliert die Thiergestalt und die damit verbun-
dene Kraft, sobald man es in seiner Thiergestalt belauscht.

So die Sage der Tlinkit von der Schwester und ihren
Söhnen, die Fischottern sind und in Menschengestalt zu ihrem

---

[1]) Aus dem Schwedischen? wegen des Namens Näkineitsi? Vgl.
SCHIEFNER bei Kreutzwald, S. 364.

[2]) BRAUNS, Jap anische Märchen und Sagen, S. 138 f.

[3]) CHAMBERLAIN, Aino Folk-tales, p. 19 f.

[4]) WÜRTENBERGER, Schwarzwaldsagen, S. 8.

Oheim kommen. Sie wollen in Fischottergestalt sein Kanu in's Wasser schaffen, aber er darf nicht zusehen; wenn er zusieht, fällt das Kanu zu Boden und sie stehen in Menschengestalt da.[1])

Eigenthümlich ist hier auch die Version, dass es nicht das Weib, sondern die Schwester und die Neffen sind, in denen die Verwandlung vor sich geht — aber die Neffen stehen nach dem (bei den Tlinkit geltenden) Mutterrecht dem Mann am nächsten.

Aehnlicher Natur scheint der Ainomythus zu sein von dem Manne, der auf einem Boot heimgeleitet wird, aber die Augen nicht öffnen darf: nachher enthüllt sich ihm im Traum, dass die Bootsleute Lachse gewesen sind.[2]) Und auch im Werwolfglauben gilt der Satz, dass der Werwolf entzaubert wird, sobald er sich erkannt sieht.[3])

Einen Nachklang der Melusinensage finden wir bei den Lappen. Das Ultamädchen, über das der Bursche durch einen Stich mit der Nadel Herr geworden ist, verschwindet bisweilen, ohne dass man nachforschen kann, wohin es kommt. Schliesslich geht die Sache nicht tragisch aus, denn das Mädchen gibt dem Gatten den Rath, einen Nagel in die Schwelle zu schlagen, worauf sie ohne seinen Willen weder aus noch ein kann.[4])

Aus dem Melusinengedanken ist in weiterer Variation (b) die grausige slavische Sage entstanden, wo der Prinz die Vila (Elfe) heirathet und die Krisis dadurch eintritt, *dass er gegen ihren Willen ein Gelass öffnet:* hier sieht er allerdings nicht sein Weib, aber den Feuerkönig, der sich nun befreit und das Mädchen im Sturm davon trägt;[5]) er findet also den Genossen des Weibes: ist es gestattet, sie zu sehen, so darf er doch keinen tieferen Blick in die Geisterwelt werfen, der sie angehört.

---

[1]) KRAUSE, Tlinkitindianer, S. 272 f. Aehnlich die Sage S. 288.

[2]) CHAMBERLAIN, Aino Folk-tales, p. 39 f.

[3]) HERTZ, Werwolf, S. 85.

[4]) POESTION, Lappländische Märchen, S. 54. Vgl. hierzu das Motiv S. 4.

[5]) KRAUSS, Sagen und Märchen der Südslaven, I, S. 333 f. Aehnlich I, S. 352 f. und S. 397 f., wo der Feuerkönig ein Drache ist. Die Sage findet sich auch bei den Russen, CURTIN, Myths and folk-tales of the Russians, p. 205 f. In anderem Zusammenhang waltet dieses Motiv ebenda, p. 220 f.

Aehnlich die japanische Sage von Ura Shima Taro[1]): ein junger Fischer fängt eine Schildkröte; diese bittet, sie freizulassen und fordert den Fischer auf, mit ihr zu gehen. Sie kommen in ein Schloss: die Schildkröte verwandelt sich in ein Mädchen und beide leben in Liebe zusammen. Die Krisis tritt wie folgt ein: Der Fischer will seine Eltern besuchen und bekommt ein Kästchen, das er nicht öffnen darf: wenn er es nicht öffnet, findet er den Rückweg; er öffnet es, — da ist alles verschwunden, und er ist ein alter Mann.[2])

Ein andere Wendung c) ist folgende: Der himmlische Genosse verschwindet, *wenn er gezwungen wird, seine Wesenheit, seine „Art" kundzugeben.*

Das ist der Lohengrintypus; dieser hat allerdings in der uns bekannten Gestalt die Beziehung zum Thierwesen abgelegt — bis auf den „Freund", den Schwan.[3]) Sicher war der ursprüngliche Typus so, dass der Held als Schwan erscheint und sich in den Jüngling umwandelt. Die Schwanengestalt findet sich auch in den Erzählungen über die Incarnationen Buddhas: Bodhisattwa erscheint als Schwan, als König der Schwäne;[4]) und hier tritt auch der treue Schwan (sumukha) hervor, der den Schwanenkönig in seinem Unheil, als er gefangen wird, nicht im Stich lassen will.

Aber auch in der deutschen Mythe wird der Schwan zur Schwanenjungfrau, wie in der bereits (S. 20) erwähnten Siebenbürger Sage[5]) und sonst;[6]) denn die Schwanenjungfrau ist ja die Walküre des alten Glaubens.[7])

---

[1]) PFOUNDS in Folk Lore Society, I, p. 125.

[2]) In anderem Zusammenhang findet sich das Kästchen, das nicht geöffnet werden darf, in dem russischen Märchen: Vassilissa und der König, CURTIN, Myths of the Russians, p. 257 f.; ferner in der böhmischen Sage, wo ein jeder stirbt, der das Kästchen vorwitzig öffnet, CURTIN, ebenda, p. 356 f.

[3]) Parzival, XVI, 1186, Lohengrin (Ed. Rückert), 7221. Ueber das Historische der Sage vgl. SYBEL, Geschichte des ersten Kreuzzugs, S. 263 f.; GÖRRES, Lohengrin, S. LXVI f.; ELSTER, Kritik des Lohengrin, S. 10 f.

[4]) So in der Erzählung aus Jâtakamâlâ; übersetzt von SPEYER in den Bijdragen tot de Taal-Land- en Volkenkunde, B. 44, p. 210.

[5]) HALTRICH, S. 23.

[6]) WOLF, Deutsche Hausmärchen, S. 305; GÖRRES, S. LXVI f., LXXI f.

[7]) GRIMM, Mythologie (4. Ausg.), I, S. 355.

In ursprünglicherer Form taucht der Lohengrinmythus im Pendschab auf. Der Prinz ist ein Schlangenkönig, der in menschlicher Gestalt den Vampyr tödtet und die Königstochter heirathet; diese aber, von Einflüsterungen angereizt, fragt ihn nach Art und Herkunft; er lehnt ab: „frage mich alles andere, aber das darfst du nicht wissen". So öfters, bis sie einmal, wo sie gerade am Wasser sind, die Frage inständig wiederholt; sie stellt sie dreimal, da verwandelt sich der Prinz, — er stand bereits im Wasser und kam bei der Frage immer tiefer in's Wasser hinein — in eine Schlange mit goldener Krone und einem Rubinstern und verschwindet. Doch später gewinnt sie ihn wieder.[1])

In gleicher Weise findet sich die Sage in Kaschmir von dem Schlangensohn, der die Königstochter heirathet, die, auf Anstiftung eifersüchtiger Schlangenfrauen, ihn nach seiner Kaste befragt; da geht er in's Wasser und taucht allmählig unter, zu seinen Schlangenfrauen zurückkehrend. Doch auch hier schliesst die Sage versöhnend, und die Liebenden kommen wieder zusammen.[2])

Derselbe Typus waltet auch in dem nordindischen Märchen von der Tulisa, der Holzhackerstochter, die sich mit dem Schlangenkönig vermählt: dieser verschwindet, sobald sie ihn zwingt, seinen wahren Namen zu nennen; sie zwingt ihn, von einer bösen Frau verführt, trotz seiner Warnung.[3]) Auch hier schliesst die Sage mit einem Wiederfinden nach vielen Wanderungen, nachdem das treue Weib das breite und tiefe Wasser mit seinen schwarzen Schlangen überschritten hat.

Auch in den Märchen der Wunderfrauen findet sich das Motiv, dass sie bei der *Frage* verschwinden; nach dem Satze: „fragst du, so klagst du".[4])

Eine andere Wendung (d) ist, dass das Wesen entflieht, *wenn man es an seine Abstammung gemahnt.*

---

[1]) STEEL and TEMPLE, Wide-awake stories, p. 304 f.
[2]) KNOWLES, Kashmir folk-tales, p. 491 f.
[3]) BENFEY, Pantschatantra, I, S. 255, LIEBRECHT, Z. f. vergl. Sprachf., XVIII, S. 56. Das Märchen findet sich auch bei BROCKHAUS, die Märchensammlung der Somadeva Bhatta II, S. 191 f.
[4]) Allegate bei LAISTNER, das Räthsel der Sphinx, I, S. 192.

So die zahlreichen Fälle des Entschwindens, weil man die Wasserfrau Wasserfrau nennt und dadurch das Wesen an seine ehemalige Thiergestalt erinnert; so in der deutschen und romanischen Sage.[1]) Vgl. auch oben S. 19.

So die verbreitete deutsche Sage vom Werwolf, der sich entfernt, sobald man zu erkennen gibt, dass man von seiner Werwolfnatur weiss.[2])

In manchen französischen Sagen findet sich dies zum Verbot umgestaltet, das Wesen an den Tod zu erinnern, was, wie LAISTNER, Räthsel der Sphinx, I, S. 190 richtig deutet, in eine Verwechselung und verwechselnde Umgestaltung von mar (Nachtmahr) zu mort aufzulösen ist.

Von da ist es nur ein Schritt zum weiteren Motiv (e), dass *eine missliebige Aeusserung* über dieses Wesen seine Entfernung herbeiführt, und zwar eine Aeusserung über das Wesen selbst oder über seine Kinder.

In eigenartiger, etwas roher Form erscheint dieser Zug bei dem Eskimo. Ein Fuchs ist in ein Weib verwandelt, behält aber den penetranten Fuchsgeruch. Ein Mann heirathet sie, weiss aber, dass man sie nicht an diese Eigenart erinnern darf; sein Freund ist eifersüchtig und ruft gegen sein Verbot aus: woher kommt dieser schmutzige Geruch? Da wandelt sie sich wieder in einen Fuchs um und entflieht.[3])

Nicht selten ist auch die tadelnde Erwähnung der Kinder; so die Tango-Tangosage auf Neuseeland, wo die Frau verschwindet, weil der Mann das Kind als hässlich bezeichnet:[4]) in der That werden die Kinder Stammväter von Eidechsen und Seehunden.[5])

Etwas abweichend geht die Sage bei den Battaks: Urang Mandopa hat die Himmelstochter Tapi Singgar di mata ni ari zur

---

[1]) Bei LAISTNER, Räthsel der Sphinx, I, S. 187 f.

[2]) ANDREE, Ethnographische Parallelen, S. 65, HERTZ, der Werwolf, S. 81 und die hier citirten Quellen.

[3]) RINK, Tales and traditions of the Eskimo, p. 143 (Nr. 11).

[4]) KUHN, Herabkunft des Feuers, S. 79, LIEBRECHT, Z. f. vergl. Sprachforschung, XVIII, S. 61. Etwas abweichend wird die Sage erzählt bei LESSON, Les Polynésiens, IV, p. 282 f. Die Mutter heisst hier Waitiri.

[5]) LESSON, IV, p. 283.

ersten Frau; diese gebiert nach dreijähriger Schwangerschaft einen Sohn. Die zweite Frau Dajang Rante Omas findet Gelegenheit, ihn zu schelten; sie thut es mit Ausdrücken, die für Tapi Singgar beleidigend sind, und diese nimmt ihr Luftgewand und fliegt davon.[1]) Ihr Mann sucht sie nach vielen Abenteuern im Himmel und nimmt sie wieder zurück.

In ähnlicher Abschwächung taucht der Gedanke in der Sage der Buginesen in Celebes auf, wo die We-Tappatjina verschwindet, weil sich die Mutter des Mannes missliebig über das Kind geäussert hat; allerdings lässt sie sich nachher zur Rückkehr verstehen.[2]) Das gleiche Motiv, der Aerger über die Schwiegermutter, die das Kind als Kind seiner Mutter geschmäht, waltet auch in einer den Menangkabau entlehnten Sage der Battaks.[3])

In einer Makassarischen Mythe kehrt die·vom Himmel herabgestiegene Königin, nachdem sie mit dem ihr anvertrauten König einige Zeit regiert hat, unter Hinterlassung einer goldenen Halskette (die noch als Reichskleinod verwahrt wird) zum Himmel zurück. Das Trennungsmotiv wird leider nicht gesagt.[4])

Es ist begreiflich, dass diese Wendung der Sage zum vierten Motiv hinüberspielt und mit diesem leicht verschmilzt; ebenso ja auch die obigen Wendungen: denn auch der Fürwitz, der schaut, wo er nicht schauen soll, der unbefugt ein Gelass öffnet oder frägt, ist eine Verletzung des Bundes, unter dem der Geist weilen kann; aber allerdings der Kern des Motivs liegt hier nicht im Ungehorsam, sondern in der durch den Ungehorsam herbeigeführten Situation, und diese gehört nicht dem Motiv (4) an, sondern bildet, wie unten (S. 51) zu entwickeln, ein neues Motiv.

Aeusserungen des Unwillens, welche zum Verschwinden des Geistes führen, sind auch (f) *Aeusserungen über sein von menschlichem Standpunkte schwer erklärliches Verhalten;*

---

[1]) NIEMANN in den Bijdragen tot de taal-land-en volkeukunde van Nederlandsch Indië, 3 volgr., I, S. 281.

[2]) MATTHES, Boegineesche Legenden, S. 4 f.

[3]) NIEMANN in den Bijdragen tot de tal-land-en volkenkunde van Nederl. Indië, 3 volgr., I, S. 259 f.

[4]) MATTHES, S. 11 f.

daher die häufige Bedingung, nichts tadelnd zu bemerken, was immer man auch bei dem unheimlichen Genossen sieht.

Der klassische Fall ist in Mahabharata, 3884 f., 3898 f., 3916 f. (übersetzt von FAUCHE, I, p. 415 f., 417 f.): Çântanu heirathet die zu einem menschlichen Weib verwandelte Gangâ; er darf sie aber nicht nach der Abstammung fragen, noch ihre Handlungsweise tadeln. Sie gebiert acht Söhne und wirft sie sofort in's Wasser. Beim achten Sohn tadelt sie Çântanu; da verlässt sie ihn — übrigens hat sie auch ihre irdische Bestimmung erfüllt: die geopferten Kinder werden Vasus.

Aus diesem Mythus sind eine Reihe ähnlicher Märchen entstanden; so das Märchen vom Kaiser von China und der Peri, die er nicht nach dem Grund ihrer Handlungsweise fragen darf: sie wirft das eine Kind in's Feuer, das andere in den Rachen einer Bärin; das eine ist nicht lebensfähig, das zweite wird von der Bärin gesäugt.[1])

Wiederum verschieden ist die Wendung des Grundgedankens (g), wo zwar der Anblick der wahren Gestalt oder eine Aeusserung gegen den übermenschlichen Genossen ihn nicht zur Rückkehr zwingt, *wohl aber eine Aeusserung Dritten gegenüber.*

So in der Gestaltung des Mythus an der Goldküste, wovon unten (S. 53) die Rede sein wird.

In der keltischen Sage des wälischen Hochlandes kehrt der Melusinentypus in dieser Form wieder, und das bestätigt den nachhaltigen keltischen Einfluss in dieser Mythenbildung. Hier ist die Melusine zunächst ein Hase, auf den der Jäger anlegen will (ein häufiges Motiv); der Hase wird ein schönes Weib, und sie heirathet ihn unter dreifacher Bedingung: 1) er soll den König nie einladen, ohne ihr Mittheilung zu machen, 2) er soll ihr nie vor Anderen vorwerfen, dass er sie in Gestalt eines Hasen fand, 3) er soll sie nie in Gesellschaft eines einzelnen Mannes zurücklassen. Er übertritt alle drei Gelübde und sie verschwindet; das zweite bricht er, weil sie das Essen nicht lobt, das er dem König vorsetzt: darum schlägt er ihr mit der Faust zwei Zähne aus und nennt sie

---

[1]) LAISTNER, Räthsel der Sphinx, I, S. 202, 203 (nach HAMMER, Rosenöl, I, S. 162); vgl. auch die übrigen hier citirten Geschichten.

einen verächtlichen Hasen. Nachdem er auch das dritte Gelübde verletzt, verwandelt sie sich in eine Stute und flieht,
nachdem sie ihm einen gehörigen Stoss versetzt hat.[1])

So in verschiedenen germanisch-romanischen Sagen[2]):
in der lothringischen Erzählung von dem Mädchen und
dem weissen Wolf, in dem piemontesischen Märchen vom
Mädchen und der Kröte und in der toskanischen Sage vom
Mädchen und dem Zauberer, wo überall der unheimliche Genosse
verschwindet, sobald das Mädchen das Geheimniss ausplaudert.

So auch die wunderhübsche Erzählung der Südslaven von
dem Jüngling, der eine Vila (Elfe) heirathet, aber Niemandem
den Hergang erzählen darf. Hier nimmt das schöne Märchen
folgende Wendung: er verlässt auf kurze Zeit die Gemahlin,
um seine Heimath aufzusuchen; sie gibt ihm zu diesem Zwecke
vier Pferde, die allein den Weg zurückfinden: plaudert er das
Geheimniss aus, so verschwinden die Pferde, und der Rückweg
ist ihm versagt.[3]) Man vergleiche auch die japanische Sage
oben Seite 23.

Noch schöner ist die slavische Sage vom Jüngling, der
mit der Vila verlobt ist und sie nicht nennen darf. Bei einer
Brautschau sagt er: was sind alle anderen gegen die meine.
Daraufhin muss er seine Braut herbeischaffen; sie kommt auch
in strahlendem Glanze, entflieht aber in einer Nebelwolke.[4])

Das gleiche Motiv findet sich auch in deutschen Sagen,
auch mit der Abschwächung: es ist dem Bräutigam verboten, die
Schönheit seiner Geisterbraut zu erwähnen; offenbar ist es ur-

---

[1]) KOISHA KAYN in Mac Innes', Folk and Hero Tales, in der Folk
Lore Society, XXV, p. 207 f., 211 f., 229 f. Das Motiv, dass die Frau,
weil sie das Mahl nicht lobt und behauptet, bei ihrem Vater sei es besser
gewesen, gezüchtigt wird, findet sich auch in den Folk-lore tales of Ire-
land (Ed. CURTIN, p. 178).

[2]) Sämmtliche beigebracht von WEINHOLD in der Z. des Vereins f.
Volkskunde, III, S. 201, 202: die lothringische nach COSQUIN, Contes
populaires de Lorraine, II, 63, und die anderen zwei nach GUBERNATIS,
die Thiere in der indogerman. Mythologie (deutsch von Hartmann)
S. 630, 631.

[3]) KRAUSS, Sagen und Märchen der Südslaven, I, S. 367 f.

[4]) KRAUSS, I, S. 374 f.

sprünglich so: er darf ihren Namen nicht kundgeben und die Schönheit ist Veranlassung, den Namen zu nennen.[1])

In der genannten slavischen Vilasage ist allerdings die Thiergestalt des Zauberwesens ziemlich entschwunden; doch in einigen Versionen tritt noch der ursprüngliche Gedanke hervor. Offenbar ist die Elfe ursprünglich ein Vogel, der wieder als Vogel entflieht; in der Sage bei KRAUSS, I, S. 352 f. kommt sie als goldene Pfauenhenne und verwandelt sich in ein Mädchen; ähnlich ebenda, I, S. 397 f.; in I, S. 409 f. (einer abgeschwächten Fassung der Sage) ist es ein Schwan, der sich zum Mädchen umgestaltet.

Theilweise gehört hierher auch das böhmische Märchen von der Schildkröte, die sich in eine Prinzess verwandelt und von ihrem Gemahl verlangt, dass er drei Jahre lang Niemandem von ihrem früheren Schicksal spreche. Allerdings geht nun das Märchen in ein früheres Motiv über: denn nicht schon die Aussage bewirkt das Verschwinden, sondern erst, dass die Mutter des Gemahls, welche die Aussage entlockt, ihre Hüllen verbrennt.[2])

Ein entfernter Nachklang ist noch in der tatarischen Sage zu verspüren, wo der Held überwältigt und an einen Hacken am Himmel gehängt ist, dort aber von einem alten Weib errettet wird, wovon er nichts erzählen darf; als er es doch seiner Schwester erzählt, zerbricht sein kostbares Pferd das Halfter und entflieht. Erst nach unsäglichen Mühsalen, wobei er sogar die neunzigste Schuhsohle zerläuft, findet er das Pferd wieder und — seine ihm bestimmte Braut, die seiner Zeit in der Gestalt des alten Weibes ihn errettet hatte.[3])

Analog ist auch die Sage von der Burg, welche die Schlange geschenkt hat, von der aber der Inhaber ausgetrieben wird, wenn er die Art der Erwerbung kundgibt:[4]) wie sonst das Thierwesen verschwindet, so hier sein Geschenk.

---

[1]) WOLF, Hausmärchen, S. 212, 217; vgl. auch LAISTNER, Räthsel der Sphinx, I, S. 242, 245.

[2]) CURTIN, Myths of the Russians, Western Slavs and Magyars, p. 331, 443.

[3]) CASTRÉN, Ethnologische Vorlesungen über die altaischen Völker, S. 181 f., 193 f., 200. Das Motiv der Schuhsohlen ist häufig, z. B. WOLF S. 213 f.

[4]) KRAUSS, Sagen und Märchen der Südslaven, I, S. 183 f.

Ebenso die Sagen vom Schatz, der entschwindet, wenn man einen Ausruf thut, usw.[1]

Eine unschöne Wendung erhält dieser Zug bei den Esthen: die Meermaid, die einst von einem Burschen beim Bade belauscht war, giebt ihm ein Hemd, das nie schmutzig wird, bis er den Vorfall erzählt.[2]

Noch sind einige Ableger dieses Motives zu erwähnen; begreiflich ist es ja, wie beim Märchen, das von Mund zu Mund geht, wo ein jeder Erzähler mit seinem Erinnerungsvermögen und seiner Phantasie schöpferisch einwirkt, die Motive oft deplacirt, oft fast in's Unkenntliche verwandelt werden; nicht selten ist auch der Versuch realistischer Gestaltung.

So a) die indische Sage von der Schlange, die, um sich vor dem schrecklichen Vogel Garuda zu bergen, in Menschengestalt zu einer Dirne geht und ihr täglich den Preis von 500 Elephanten gibt. Auch hier entsteht die Katastrophe aus dem Verrath des Geheimnisses; allerdings nur indirekt: die Schlange enthüllt ihr Geheimniss der Dirne, diese der Kupplerin und diese dem Vogel Garuda, der in Menschengestalt erscheint und die Schlange tödtet.[3] Hier ist das Verschwinden des Schlangenwesens in Folge der Enthüllung in rationalistischer Weise erklärt; so etwa wie wenn eine Gestaltung des Melusinenmythus das Geisterwesen in Folge der Enthüllung dem Henker preisgibt.

In ganz absonderlicher Umkehrung waltet b) das Trennungsmotiv in der Vâsukisage in Mahabharata v. 1864 f. 1876: der König Djaratkâron heirathet die Schlangentochter unter der Bedingung, *dass sie nichts tadle, was er thue;* er verlässt sie später, nachdem sie mit einem Sohn schwanger ist.[4]

Eine ähnliche Umkehrung bietet (c) das russische Märchen: das aus einem Bären entzauberte Weib sagt einst unwillig zu ihrem schlafenden Mann, den sie nicht zum Wachen bringt: möge dich der Wirbelwind an unbekannte Orte bringen. Das geschieht; erst nach manchem Abenteuer kehrt er zurück.[5]

---

[1] Bei LAISTNER, I, S. 243 f.
[2] WIEDEMANN, Aus dem Leben der Esthen, S. 433.
[3] BENFEY, Pantschatantra, I, S. 364.
[4] Uebersetzung von FAUCHE, I, p. 199 f.
[5] CURTIN, Myths and folk-tales of the Russians, p. 238 f.

Eine Umkehrung findet sich auch (d) in der zweiten Version des Urvaçî-Purûravasmythus, wo die Apsarase verschwindet, *wenn sie den sterblichen Mann nackt sieht.*[1]) Ueber diesen seltsamen Wandel wird noch unten (S. 57) gesprochen werden.

Eine Umkehrung ist wohl auch (e) die Sage, dass *der Mann,* der das Geheimniss verräth, *sterben muss;* so in einer sonderlich entstellten Form in dem slavischen Märchen.[2])

Und so auch im Märchen der Battaks auf Sumatra, wo der Prinz schwört, dass, wenn er verräth, dass seine Braut eine Eidechse war, *sein* ganzes Geschlecht *vertilgt* werden solle.[3])

Soweit das Trennungsmotiv und die Trennung. Nicht immer ist die Trennung eine definitive; es gelingt mitunter dem Partner, das entschwundene Wesen in abenteuerlichem Zuge wieder zu finden: der Zug führt regelmässig in die Unterwelt, in eine Welt des Jenseits, die in mannigfacher Weise charakterisirt wird. Die nähere Erforschung dieses Sagenstoffes kann, als unserem Thema ferner liegend, hier unterbleiben: es ist der Sagenstoff, der sich um die Orpheussage schlingt.[4])

---

[1]) Vgl. darüber KUHN, Herabkunft des Feuers, S. 73 f. Vgl. auch schon WILSON in der Vorrede zu Select Specimens of the Theatre of the Hindus, II, p. 5. Auch noch in anderer Weise wird der Urvaçîmythus erzählt: das wesentliche dabei ist die Vermählung mit der Apsarase und eine darauf folgende immerwährende oder zeitliche Trennung; so in der Kaschmirsage des Somadeva Bhatta, übers. v. BROCKHAUS, I, S. 186 f.

[2]) KRAUSS, Sagen und Märchen der Südslaven, I, S. 439 f.

[3]) NIEMANN in den Bijdragen tot de taal-land-en volkenkunde van Nederl. Indië, 3 volg., I, S. 252.

[4]) Vgl. auch bezüglich der Südslaven KRAUSS, I, S. 333 f., 352 f., 367 f., 374 f. Vgl. ferner WOLF, S. 213 f. –· Ueber die Fahrt mit geschlossenen Augen vgl. oben S. 9.

§ 2.

Der Charakter des eigentlichen Melusinenmythus liegt aber nicht bloss in der auf verschiedene Motive zurückgeführten Trennung, sondern auch in dem Märchenzuge, dass das Wesen eine *Thiergestalt an sich trägt,* sich in Menschengestalt verwandelt und beim Verschwinden *wieder in die Thiergestalt zurückkehrt.* Dadurch unterscheidet sich diese Species der Sage von den vielen übrigen Sagenstoffen, wo das höhere Wesen in sonstiger übermenschlicher Gestalt erscheint, wenn auch alle diese Mythen auf das eine Urmotiv, die Verbindung des Menschlichen mit dem Göttlichen, zurückzuführen sind.

Und zwar treten hier die verschiedensten Thiertypen auf: keine sind häufiger, als Schlangen (Drachen) und Vögel;[1] die Schlange ist das heilige Thier der Erde, der Vogel das heilige Thier der Lüfte. Diese Umwandlung und Metamorphose findet sich nicht bloss in der Gestaltung des Melusinenmythus, sondern auch in Verbindung mit anderen poetischen Sagenmotiven: das Thier wird entzaubert durch die Liebe, durch die Treue, es wird von selbst entzaubert durch Zeitablauf.[2]

Besonders verbreitet sind diese Sagen allüberall, wo noch das *Totem*princip gilt, von dem unten (S.37) zu sprechen ist. Aber auch da, wo nach Ueberwindung dieses Systems die Thierverehrung geblieben ist, namentlich in den Gegenden des

---

[1] Richtig auch DORMAN, Origin of primit. superst., p. 261.

[2] Vgl. die Zusammenstellung bei WEINHOLD, Zeitschrift des Vereins für Volkskunde, III, S. 195 f., vgl. auch ebenda III, S. 336. So die schöne deutsche Sage vom Froschkönig, vom Rehkälbchen, von den 7 Raben, vom Bären, der sich in den Königssohn verwandelt, vom Hans mein Igel u. s. w. Weiteres über die Thierverwandlungen in der deutschen Sage bei GRIMM, Mythologie, II, S. 919.

Schlangenkultus, ist das Märchenmotiv fruchtbar: unzählig sind die Modalitäten, in denen das Motiv der Verwandlung variirt. So in der buddhistischen Erzählung von der Königin, die von einer Schlange entbunden wird, die, nachdem man sie in ein Wasserbehälter gesetzt, zum Manne wird.[1])

Dieser Zug des Märchens hat reiche Verbreitung gefunden; so in der rumänischen Sage von der Frau, die mit einer Schlange niederkommt, welche sich zur Hochzeit in einen Prinzen verwandelt.[2])

In modificirter Form waltet der Mythus im wunderschönen südslavischen Märchen von der Mutter, die einen Basilikumstrauss zur Welt bringt, der sich in ein herrliches blondhaariges Mädchen verwandelt.[3]) Noch complicirter in der slavischen Sage von den drei Kindern, die, angeblich als Kätzchen geboren, auf den Düngerhaufen geworfen werden; daraus sprossen drei schöne Blumensträusse, diese beisst das Lämmchen ab und bringt drei wunderschöne Knaben zur Welt.[4])

Eine Reminiscenz waltet auch in den Erzählungen, wonach die Mutter ein Kind mit einer Schlange um den Hals gebiert, so in der Sage aus Baden[5],) so in anderen Sagen[6];) welches Motiv sich auch in der weiteren Abschwächung findet, dass das Kind mit einem Halsbande zur Welt kommt.[7])

Noch eine andere Reminiscenz ist nicht selten: die Mutter kommt mit einem menschlichen Kinde nieder, allein eine böse Person schafft es weg mit der Behauptung, dass sie ein Thierwesen zur Welt gebracht habe. So in der ungarischen Sage, wo die Mutter ein Schwein geheirathet hat, das sich als Prinz

---

[1]) BENFEY, Pantschatantra, I, S. 254.

[2]) BENFEY ebenda, I, S. 266, nach Ausland 1857, S. 1029.

[3]) KRAUSS, Sagen der Südslaven, I, S. 301 f. Aehnliche Formen tauchen in Italien und Griechenland auf, vgl. KÖHLER im Archiv für slavische Philologie, II, S. 630.

[4]) KRAUSS, I, S. 382 f.

[5]) BAADER, Volkssagen aus Baden, nr. 106.

[6]) GUBERNATIS, Thiere in der indogermanischen Mythologie (übersetzt von Hartmann), S. 652.

[7]) So in Indien: FRERE, Old Deccan days, p. 236, 241; so die deutsche Sage von den sieben Kindern mit den sieben Goldketten um den Hals: nimmt man die Kette weg, so werden sie zu Schwänen; GÖRRES, Lohengrin, S. LXXIII. Vgl. oben S. 14, auch unten S. 48.

entpuppte;[1]) so in der indischen Sage, wo statt der Kinder
junge Hunde unterlegt werden;[2]) so in den deutschen Sagen,
z. B. in Siebenbürgen, wo Hund und Katze untergeschoben
werden;[3]) so in der Sage von den sieben Kindern, an deren
Stelle man sieben Hunde legt,[4]) oder wo behauptet wird, das
Kind sei eine Missgeburt[5]) u. s. w.

Aber noch viele andere Sagen von Thierverwandlungen
kennt der Orient; so die Sage des Pantschatantra von der
Brahmanenfrau, die mit einer Schlange niederkommt; diese verheirathet sich mit einer Brahmauentochter und verwandelt sich in
einen schönen Jüngling.[6])

Ein analoges Märchen der Aino erwähne ich hier, weil es
mir sicher erscheint, dass es durch den Buddhismus nach Japan
und von dort zu den Aino's gedrungen ist; auch hier gebiert
die Frau eine Schlange, die sich in ein menschliches Kind verwandelt: das könnte einheimisch sein, denn Schlangenverwand-
lungen kennen auch die Ainos; aber buddhistisch ist wohl
sicher das Motiv, dass die Frau durch einen Sonnenstrahl
schwanger geworden ist.[7])

So die unheimliche Sage von der Tochter des Schlangenkönigs, der bei der Liebesbegegnung neun Drachenköpfe aus
dem Halse kommen. Der Mann schneidet ihr sie im Schlafe
ab; die Folge ist aber, dass die Nachkommen an Kopfschmerz
kranken,[8]) — wahrscheinlich eine spätere Abmilderung, denn
ursprünglich hiess es wohl, dass sie kopflos zur Welt kommen.

So auch die indische Sage in Kaschmir von dem Prinzen,
der sich mit einer Katze verheirathet, die zum wunderschönen
Weib wird. Das Motiv, dass ein menschliches Weib eine
Katze geboren hat, wird hier rationalistisch dahin gewandelt, dass

---

[1]) CURTIN, Myths of the Russians, p. 524 f., 526 f.
[2]) LAL BEHARI DAY, Folk-tales of Bengal, p. 243.
[3]) HALTRICH, S. 2.
[4]) GÖRRES, Lohengrin, S. LXXIII.
[5]) WOLF, S. 168 f.
[6]) BENFEY, Pantschatantra, II, S. 144 f., 147 f.
[7]) CHAMBERLAIN, Aino Folk-tales, p. 43 f.
[8]) BENFEY, Pantschatantra, I, S. 254, nach HIUENTHSANG (Voyage
des Pélerins Bouddhistes, II, p. 141 f.).

in Ermangelung eines Kindes eine Katze unterschoben wird, mit dem Bemerken, dass der Vater das Kind erst nach dessen Verheirathung sehen darf.[1])

Allüberall wechselt Mensch und Thier und Thier und Mensch.[2])

So auch das japanische Märchen von den zwei Liebenden, die sich nicht als Menschen heirathen können und darum von den Göttern in zwei Schlangen verwandelt werden, BRAUNS, Japanische Märchen und Sagen, S. 355 f.

So auch die indischen Märchen von der Zauberverwandlung des Menschen in Löwen,[3]) Eber,[4]) Ziegen,[5]) Rehe,[6]) Widder,[7]) Hunde,[8]) Schakale,[9]) Krähen,[10]) Papageie.[11])

Und so auch die Verheirathung mit einem Schakal,[12]) mit einer Ratte,[13]) mit einem Krokodil.[14])

Daher auch die zahlreichen germanischen Sagen von den Wesen, die Halbmensch, Halbschlange oder Halbfisch sind;[15]) So beispielsweise die grüne Jungfrau am Harz,[16]) die Meerfrau auf den Farörn.[17]) Auch im Werwolfglauben findet sich die Gestaltenkombination; so beim Prikulitsch (Werwolf) der Rumänen.[18])

---

[1]) KNOWLES, Folk-tales of Kashmir, p. 8.

[2]) Weitere Nachweise über Verwandlungsmythen bei BASTIAN, Ideale Welten, I, S. 119 f.

[3]) So in Kaschmir, Märchensammlung des Somadeva Bhatta, übersetzt von Brockhaus, I, S. 55, 91, II, S. 95.

[4]) Somadeva Bhatta I, S. 111.

[5]) KNOWLES, Kashmir folk-tales, p. 117.

[6]) Somadeva Bhatta, II, S. 71.

[7]) KNOWLES, Kashmir folk-tales, p. 71.

[8]) FRERE, Old Deccan Days, p. 9.

[9]) FRERE, p. 106.

[10]) FRERE, p. 58.

[11]) FRERE, p. 101. Weitere Nachweise bei STEEL and TEMPLE, Wide-awake stories, p. 420, 421.

[12]) FRERE, p. 165.

[13]) STEEL and TEMPLE, Wide-awake stories, p. 17.

[14]) STEEL and TEMPLE, p. 122 f.

[15]) Beispiele bei HENNE-AM-RHYN, Deutsche Volkssagen, S. 118 f.

[16]) EY, Harzmärchenbuch, S. 177.

[17]) JIRICZEK, Z. d. Vereins f. Volkskunde, II, S. 9.

[18]) WLISLOCKI, Am Urquell, VI, S. 17.

So die Erzählung, dass im Schlaf die Seele in Gestalt einer Schlange aus Mund oder Nase herauskommt, wie z. B. im indischen Märchen[1]) u. s. w.; so die Erzählung, dass der Geist der weissen Frau in Gestalt einer Schlange erscheint und so erlöst werden will u. a.[2])

[1]) KNOWLES, Kashmir Folk-tales, p. 40; LAL BEHARI DAY, Folk-tales of Bengal, p. 101. Weitere Nachweise bei WILKEN, Animisme, S. 15 f.

[2]) Ein häufiger Zug, vgl. z. B. die schlesische Sage in Z. des Vereins f. Volkskunde, IV, S. 453.

§ 3.

Bei Erklärung dieser wie anderer Mythen hat man viel zu sehr die Beziehungen des Märchens zu den ethnologischen Erscheinungen des Völkerlebens übersehen. Das Märchen ist mythischen Ursprungs, aber es ist der im Völkerleben sich verkörpernde Mythus, der noch in der Sage in hochpoetischen Reminiscenzen zu Tage tritt. Es geht nicht an, das Märchen aus Naturerscheinungen allein zu erklären, man muss es erklären aus der Art, wie sich die Naturerscheinungen im Geiste des Volkes spielen, und diese Art wird dadurch characterisirt, dass sich das Volk mit der Natur völlig eins weiss. Daher sind modernisirte Deutungen wie die M. MÜLLER's, wonach Purûravas die Sonne und Urvaçî die beim Anblick der unverhüllten Sonne entfliehende Morgenröthe sein soll, so ansprechend sie unserem Gemüth erscheinen mögen, zum Voraus abzulehnen.[1] Der Ursprung der Melusinensage führt vielmehr in das tiefste Alterthum, er führt in jene Zeit zurück, wo die Menschheit dem Totemismus anhing: Totem ist bekanntlich das, gewöhnlich einem Thiere entnommene, Zeichen einer Familie; und die, meist nach Mutterrecht geordneten, Geschlechter führten solche Stammzeichen und unterschieden sich dadurch von einander.

Dieses Thierzeichen hat aber seinen tieferen Hintergrund: das Geschlecht, das auf solche Weise ein Thierzeichen trägt, steht zu dem Thier in mystischer Beziehung: es darf ein

---

[1] Hierüber auch KUHN, S. 77. Gegen diese théories météorologiques vgl. auch REGNAUD, Premières formes de la religion (1894), p. 89, dessen, den Mythus auf Metaphern zurückleitende, Auslegung aber erst recht nicht befriedigt.

solches Thier nicht tödten, verletzen,[1]) oft nicht einmal berühren; das *Thier ist der Geist der Familie,* noch mehr, das *Thier gilt als Stammparens der Familie: die Familie ist dem Thier entsprossen.*

So bekanntlich bei den Australnegern. Wer zu dem bestimmten Thierstamm gehört, tödtet nie ein Thier der Art, ausser in der höchsten Noth, und da fürchtet er, seine Verwandten, sein eigen Fleisch zu tödten:[2]) die Seelen der Vorfahren gehen in das Totemthier über.[3]) Bei manchen Stämmen, wo der eigentliche Totemismus im Abgang begriffen ist, wie bei den Kurnais, nimmt man an, dass der Emu der Bruder aller Männer, ein anderer Vogel die Schwester aller Frauen sei;[4]) tödtet man den einen, so entsteht eine Blutrache auf der einen, tödtet man den anderen, so gibt es eine Blutrache auf der anderen Seite: man hat einen Bruder, eine Schwester getödtet.[5])

Hiermit hängt es zusammen, dass bei Australstämmen in Victoria das Fett des Emu heilig ist, dass man den Bären zwar essen, aber nicht abhäuten und seine Knochen nicht brechen darf.[6])

---

[1]) Wunderbar ist es, wie derartige Züge in den Volkssagen nachklingen. Bei den Südslaven findet sich das Märchen vom Grafensohn, der unter den Fischen aufwächst. Der Knabe wird später von einem Fischer angekindet und bekommt den ersten Fisch, den dieser fängt; in diesem ist ein Apfel und des Vaters Bildniss — offenbar eine spätere symbolisirende Darstellung — ursprünglich hatte der Vater selbst Fischgestalt. Als nun einmal dem Grafen aus diesem Wasser Fische zur Tafel geliefert werden, tritt das sonderbare ein, dass sie gebraten vom Tische fortlaufen — ein offenbarer Nachhall der Totemtradition, denn der Totem: Fisch darf keine Fische essen. Vgl. das Märchen bei KRAUSS, I, S. 378 f. Aehnlich ist das böhmische Märchen von den zu Fischen verzauberten Menschen, die, wenn sie in die Pfanne kommen, ein Unwetter in der Küche erregen, dem Koch in's Gesicht schlagen und davon gehen; CURTIN, Myths and folk-tales of the Russians, Western Slaves and Magyars, p. 317 f., 615.

Ueber den Totemismus der Werwolfsage bei den alten Arkadiern siehe oben Seite 3.

[2]) FISON and HOWITT, Kamilaroi p. 169.

[3]) Weitere Nachweise bei FRAZER, Golden bough II, p. 336.

[4]) HOWITT im Journal of the Anthrop. Instit. of Britain, XVIII, p. 56 f.

[5]) HOWITT und FISON, Kamilaroi, p. 201.

[6]) SMYTH, Aborigines of Victoria, I, p. 459; 447, 449.

Die Idee der Abstammung der Familie von dem Stamm-
thiere wird namentlich noch bei den Rothhäuten lebhaft emp-
funden. Und hier gilt auch noch das weitere Motiv: der
Mensch wird mit dem Tode wieder in sein Stammthier verwandelt. Die Metamorphose ist nicht zufällig; *sie ist eine
kosmogonische Nothwendigkeit.* So die Buffalostämme der
Omaha: sie sind aus Büffeln entstanden und kehren beim
Tode wieder in diese Gestalt zurück; darum wird der Leich-
nam in eine Büffelhaut genäht.[1]

So ist ein Stamm der Osage geworden, indem ein Vogel
seine Körpertheile gab und sie in menschliche Körpertheile
verwandelte.[2]

Ebenso halten die Algonquins umgekehrt die Klapper-
schlangen für verwandelte Menschen.[3]

Aehnlich Stämme von Alaska: die Kutschin nehmen
an, dass Vögel, Fische, Erdthiere früher Menschen waren, wovon ihre (mutterrechtlichen und exogamen) Totemgeschlechter
herstammen.[4]

Die Tlinkit glauben, die Eisenten seien verwandelte Kinder,
die Käuze verwandelte neugeborene Kinder, die Bären verwandelte Menschen.[5]

Und so viele andere Stämme: die einen stammen von
Hunden, die anderen von Bären, die anderen von Eulen ab,
und insbesondere hat diesen Völkern die Frage, wie der Schweif
verloren worden ist, viel zu schaffen gemacht.[6] Ein Irokesen-
stamm will gar aus Würmern entsprossen sein.[7]

Totemistisch ist wohl auch das Märchen der Ainos, wonach Eule und Schildkröte ihre Kinder zusammen verheiratheten.[8]

Ebenso findet sich der Glaube an Thierabstammung bei
malaiischen Stämmen, so namentlich die Abstammung vom
Krokodil: sie sind vom Krokodil entstanden und kehren beim

---

[1] Smithsonian Institution, III Annual Report, p. 225, 229, 233.
[2] Ebenda, VI, p. 389.
[3] LELAND, Algonquin legends, p. 111.
[4] DALL, Alaska, p. 197.
[5] KRAUSE, Tlinkitindianer, S. 271.
[6] Nachweise bei DORMAN, Origin of primitive superstitions, p. 231 f.
[7] DORMAN, p. 242.
[8] CHAMBERLAIN, Aino Folk-tales, p. 10.

Tode wieder in die Krokodilgestalt zurück; und wer ein Krokodil tödtet, läuft Gefahr, einen seiner nächsten Verwandtschaft zu tödten.[1]) Und wie hier mit Krokodilen, verhält es sich bei anderen Stämmen mit Tigern, Aalen, Vögeln u. a.[2]) Der Tiger heisst bei den Menangkabaus der gestreifte Grossvater;[3]) auch Hunde und Katzen sind Stammeltern von Geschlechtern.[4]) Und Seelen von Verstorbenen wandeln sich in Wildschweine; so bei den Battaks.[5])

So gilt insbesondere auch die Abstammung von Hunden (in Vermischung mit Menschen) von den Kalangs auf Java.[6])

Malegassische Stämme glauben, dass Fürsten bei ihrem Tode in Krokodile, andere Menschen in andere Thiere übergehen (auch in Schmetterlinge), und dass Katzen und Eulen die Seelen von unbeerdigten Menschen aufnehmen.[7])

Ebenso glauben die Zulus, dass ihre Toten sich in Schlangen umwandeln, und zwar verschieden, je nach den Rangklassen; sie nehmen an, dass diese Geisterschlangen sich im ganzen Wesen und Benehmen von gewöhnlichen Schlangen unterscheiden, spenden ihnen Opfer und tödten sie nicht; sie sind befriedigt, wenn aus dem Grab eine Schlange hervorgeht.[8]) Ebenso sollen sich alte Weiber in Eidechsen umgestalten. Sie

---

[1]) Nachweise bei WILKEN, Animisme, I, p. 69 f. Auch auf der Insel Leti verehren bestimmte Familien das Krokodil; RIEDEL, Sluik- en kroesharige rassen tusschen Selebes en Papua, p. 376.

[2]) WILKEN, I, p. 71 f. Eine Art Tigerkult lässt sich auch bei den Birmanen aufweisen, BASTIAN, Expedition an die Loangoküste, II, S. 185.

[3]) TOORN in den Bijdragen tot de Taal-Land- en Volkenkunde, XXXIX, S. 74.

[4]) TOORN, ebenda, S. 77.

[5]) NIEMANN in den Bijdragen tot de Taal-Land- en Volkenkunde van Nederl. Indië, 3 volgr., I, S. 295 f.

[6]) VETH, Java, III, S. 581, KETJEN, Tijdschrift voor Taal-Land- en Volkenk., XXVIII, p. 193. Dies ist sicher nicht etwa ein den Kalangs angehängter Schimpf, sondern ihre eigene Sage, die ihnen dann von den Javanern zum Schimpf ausgelegt wurde.

[7]) SIBREE im Folk-Lore Record, II. p. 21, f.; Jenenser Geographische Gesellschaft V. S. 31.

[8]) CANNON CALLAWAY, Religious system of the Amazulu, p. 8, 12, 140, 142, 196 f., 198, 231; SPECKMANN, Hermannsburger Mission, S. 165.

glauben auch, dass schon zu Lebzeiten die Seele des Menschen (oder eine seiner Seelen) in einer Schlange lebt.[1]

Manche Stämme von der Goldküste haben noch das totemistische System und enthalten sich des Genusses des Totemthieres;[2] Spuren davon lassen sich selbst auf Haiti nachweisen, wo bestimmte Familien bestimmte Thiere oder Pflanzen vermeiden.[3] Ausserdem besteht in Gegenden der Goldküste der Glaube, dass alle Menschen von Spinnen abstammen,[4] wo sich also der Familientotemismus zum Stammtotemismus ausgeweitet hat. Und verbreitet ist auch der Seelenwanderungsglaube.[5]

Polynesische und melanesische Stämme nehmen an, dass ihre Toten sich in Eidechsen, Enten, Aale, Schlangen, Haie verwandeln, wesshalb diesen Thieren kein Leid geschehen darf.[6]

Ebenso nehmen die Andamanen an, dass Fische und Krebse verwandelte Menschen seien.[7]

Ebenso gilt in der Sage der Wotjäken der Bär als Grossvater und der Hase als der jüngere Bruder;[8] und auch die Esthen glauben, dass Kukuk, Pfau, Schwalbe, auch die Taube aus Menschen entstanden sind.[9]

Und haben die Völker, welche den Bären als Grossvater ansehen, einen Bären erlegt, so bitten sie ab und sühnen den Frevel.[10] Ebenso Negerstämme, wenn ein Leopard erlegt wird.[11]

Noch bei den alten Arabern finden wir Spuren des Totemismus. Der Panther galt ursprünglich als Mensch: er badete

---

[1] CALLAWAY, p. 215; SPECKMANN, S. 165; FRAZER, Golden bough, II, p. 342.

[2] ELLIS, Tshi-speaking peoples, p. 206.

[3] Zeitschr. f. vergl. Rechtsw., XI, S. 446.

[4] ELLIS, Yoruba-speaking peoples, p. 259.

[5] WILSON, Western Africa, p. 210.

[6] Nachweise bei WILKEN, Bijdragen tot de Taal-Land- en Volkenkunde, XL, S. 482 f.

[7] BASTIAN, Naturwiss. Behandlungsweise der Psychologie, S. 64, 66.

[8] BUCH, die Wotjäken, S. 118, 119.

[9] WIEDEMANN, Aus d. inner. u. äusser. Leben d. Esthen, S. 451, 454.

[10] Ein bekanntes Motiv; vgl. darüber auch DORMAN, Origin of primit. superstitions, p. 253. Daher muss bei sibirischen Stämmen der Erleger des Bären grosse Gelage veranstalten; vgl. BRÜCKNER in der Zeitschr. d. Vereins f. Volkskunde, IV, S. 226.

[11] BASTIAN, Loangoküste, II, S. 243; SPIETH, Geogr. Ges. Jena., IX, S. 17.

in Milch und wurde zum feindseligen Thier. Ebenso essen die
Beduinen den hyras Syriacus nicht, denn er sei der Bruder
des Menschen, und wer ihn esse, könne seine Eltern nicht mehr
sehen.[1])

Auch die Sage der Littauer nimmt an, dass Bär, Wolf,
Storch und Rabe, dass auch Frösche und Krebse von Menschen
stammen.[2])

Auch die *Abstammung von Pflanzen* ist nicht selten und
die Rückverwandlung in Pflanzengestalt nach dem Tode.[8])

Eine Reminiscenz ist es, wenn auf antiken Vasenbildern
der Verstorbene als Blume erscheint oder aus einer Pflanze
hervorgeht.[4])

Und so die häufige Sage von der Blume oder dem Baume,
in dem die Seele aus dem Grab hervorkommt, wobei mitunter
die Seele in die Frucht übergeht, die, vom Baume getrennt,
wieder menschliche Form annimmt[5]) — dies ist nichts anderes,
als eine märchenhafte Gestaltung der Seelenmetamorphose.

Daher bei diesen Totemvölkern die häufigen *Verwandlungssagen*. So bei den Irokesen: Hier gilt die Sage vom
Bären, der ein Kind findet, sich in ein Weib verwandelt und
es aufzieht, bis es abgeholt werden kann.[6]) So die häufige Verwandlung in Schlangen: so die Sage der Cegihaindianer von
den Männern, die eine riesige Schlange verzehrten und selbst
zu Schlangen wurden und als solche später verschwanden.[7])
Das Motiv, dass, wer eine Schlange isst, in eine Schlange verwandelt wird, findet sich auch sonst;[8]) namentlich auch in

---

[1]) SMITH, Kinship and marriage in early Arabia, p. 204.

[2]) VECKENSTEDT, Mythen, Sagen und Legenden der Zamaiten, I,
S. 24, 225, 226, 229.

[3]) DORMAN, p. 289, für amerikanische Völker; bezüglich der Malaien
vgl. WILKEN, Animisme, I, S. 75 f. und NIEMANN in den Bijdragen tot de
taal-land- en volkenkunde van Nederl. Indië, 3 volg., I, S. 291.

[4]) BACHOFEN, Römische Grablampen, S. 4, 16 f.

[5]) So in der schönen indischen Sage von der Surya Bai, FRERE,
Old Deccan days, p. 79 f.

[6]) Smithsonian Institution, II, Report, p. 83.

[7]) Contributions to North-American Ethnology (DORSEY), VI, p.
317 f., 322 f.

[8]) DORMAN, Origin of primitive superstitions, p. 253.

Michoacan, wo die Prinzen, da man keine Fische findet, eine Schlange essen und in Schlangen verzaubert werden;[1]) und bei den Ainos verwandelt sich der Jüngling in der Unterwelt in eine Schlange, nachdem er von den dortigen Beeren genossen hat;[2]) eine Frau dagegen verwandelt sich in eine Krähe, weil der Jüngling, mit dem sie entflohen ist, sich selbst als Krähe entpuppt.[3])

So die schöne Sage der Tlinkit von dem beerensammelnden Mädchen, das im Wald über den Bären spottete, worauf ihr der Bär in Menschengestalt erscheint und sie zur Höhle geleitet, wo sie Bärengestalt annimmt und den Bären heirathet; später tödten ihre Verwandten den Bären und bringen sie heim, und hier wandelt sie sich wieder in Menschengestalt um.[4]) So die Sage von der Frau, die, ertrunken, von den Fischottern gerettet, zur Fischotter wird, sich aber zeitweilig in Menschengestalt verwandelt.[5]) So die Sage vom Mann, der in einen Elch verzaubert wird.[6]) So die Sage der benachbarten Tschimssianindianer, wo der Walfisch eine Frau entführt und sie zum Walfisch machen will, indem er ihr eine Rückenflosse anzufügen sucht, — was noch rechtzeitig durch die Herankunft des Mannes, der unsägliche Schwierigkeiten überstanden hat, verhindert wird.[7])

Ebenso kennt die Eskimosage Verwandlungen in Bären und Möven.[8])

So auch die Sage der Ojibwä's (Chippewä's), wo sich das eine Weib in sein Totemthier Wolf, das andere in seinen Totem Biber zurückwandelt;[9]) oder ein Mann sich in eine Schlange umgestaltet.[10])

---

[1]) Bei BANCROFT, Native races of the pacific states, V, p. 517.

[2]) CHAMBERLAIN, Aino Folk-tales, p. 40. Hier findet sich auch das klassische Motiv, dass, wer von den Früchten der Unterwelt gegessen, der Unterwelt verfallen ist; ein Motiv, das auch in Japan und auf den Tongainseln nachweisbar ist; vgl. LIEBRECHT, Germania, XVI, S. 218.

[3]) CHAMBERLAIN, p. 48.

[4]) KRAUSE, Tlinkitindianer, S. 271 f.

[5]) KRAUSE, S. 272 f.

[6]) KRAUSE, S. 280.

[7]) KRAUSE, S. 277 f.

[8]) RINK, Tales of the Eskimo, p. 193 (nr. 23).

[9]) KOHL, Kitschi-Gami, I, S. 140, 144 f.

[10]) SCHOOLCRAFT, Myths of Hiawatha, p. 272.

In den Sagen der Dakota's finden sich Umwandlungen in Elche und Hunde.[1]

Die Chippewä's haben auch die Sage von dem Knaben, der auszieht, unter die Wölfe geht und schliesslich selbst zum Wolf wird, und von dem Jüngling, der sich durch langes Fasten zum Vogel umwandelt.[2]

Aehnlich ist die Sage der Samojeden von dem Mädchen, das sich mit dem (verzauberten) Messer sticht, stirbt, in's Wolfsloch gelegt wird und als Wolf wiederkehrt.[3]

Auch auf den Banksinseln und den Neuhebriden besteht der Glaube, dass Schlangen sich in Männer oder Weiber verwandeln und so die Menschen versuchen können.[4]

Ebenso finden sich auf Celebes Sagen, wo einige Männer in Frösche verwandelt werden, zur Strafe wegen Vermischung mit der eigenen Schwester oder wegen Misshandlung der Frau:[5] ferner die Sage vom Mädchen, das nicht arbeiten will und zum Affen wird[6] u. a.[7]

Und ebenso gilt bei den Battaks die Sage von einer Eidechse, die sich in ein wunderschönes Mädchen verwandelt.[8] Auch bei den Papuas wird der Krebs zum Menschen.[9]

Auch die afrikanischen Völker haben ihre Verwandlungs-

---

[1] SCHOOLCRAFT, Myths of Hiawatha, p. 180.

[2] SCHOOLCRAFT a. a. O., p. 136, 109 und: Indian Tribes, II, p. 232, 229. Weitere Verwandlungssagen der Rothhäute bei HERTZ, Der Werwolf, S. 130.

[3] CASTRÉN, Ethnologische Vorlesungen über die altaischen Völker, S. 167 f.

[4] CODRINGTON im Journal of the Anthropol. Instit. of Great Britain, X, p. 277.

[5] MATTHES, Boegineesche en Makassaarsche Legenden, S. 45, 46.

[6] MATTHES, S. 47.

[7] Ueber den ehemaligen Totemismus der Malaien vgl. oben S. 40; daher der Brauch verschiedener Stämme, sich bestimmter Fische zu enthalten, ein Brauch, dessen Ursprung später nicht mehr verstanden wurde: desshalb ersann man Märchen von Fischen, die einer Prinzess das Leben gerettet, wesshalb man sie aus Dankbarkeit nicht mehr tödten dürfe; MATTHES, S. 43, 44.

[8] NIEMANN in den Bijdragen tot de taal-land- en volkenkunde van Nederl. Indië, 3 volgr., I, S. 249 f.

[9] VETTER, Geogr. Gesellschaft Jena, XI, S. 103.

sagen; so die Namaquas[1]) und Buschmänner,[2]) und bei den
Abyssiniern können sich die Budas in Hyänen verwandeln.[3])

Und so zahlreiche andere *Metamorphosensagen*[4]) der verschiedensten Völker, auch der Glaube an Hexen und Zauberer,
welche die Gewalt hätten, sich oder andere in Thiergestalt
zu verwandeln.[5])

Daher auch der Zug in den Metamorphosensagen, dass
Jemand, wenn er eine andere Gestalt angenommen hat, *in seiner
ursprünglichen Gestalt sterben muss,* ein Zug, der beispielsweise noch im südslavischen Märchen anklingt[6]) von der Maus,
die zum Mädchen wird, sich aber vor dem Tode in eine Maus
zurückverwandeln muss.[7])

Eine Art dieser Metamorphosenidee, welche das Gemüth
der Völker so furchtbar beschäftigte, dass sie zur Manie wurde
und zu ethnischen Krankheitszuständen führte, ist der Wer-
wolfsglauben, über dessen furchtbare Geltung und Verbreitung
auf die Werke von HERTZ[8]) und von ANDREE[9]) zu verweisen ist.
Der Werwolfglaube ist die pathologische Ausgeburt des Totemismus, wie die Hexenverfolgungen des Mittelalters die pathologische Entartung der uralten, den Glauben der Völker durch-
ziehenden animistischen Vorstellungen sind.

Daher die vielen Sagen der Totemvölker von der *Vermischung von Mensch und Thier,* entweder so, dass das Thier
in wirklicher Gestalt, meist aber so, dass es in menschlicher
Metamorphose erscheint.[10]) So auch bei den Malaien,[11]) ins-

---

[1]) ANDREE, Ethnograph. Parallelen, S. 67.

[2]) BLEEK, Bushman folk-lore, II Report, p. 14, Lloyd ib. III, p. 10.

[3]) HERTZ, der Werwolf, S. 29.

[4]) Vgl. DORMAN, p. 242 f. Vgl. auch noch JANNSEN, Märchen des
esthnischen Volkes, I, 47.

[5]) Vgl. meinen Aufsatz im Ausland, 1891, S. 686; auch in Afrika,
vgl. BASTIAN, Loangoküste, II, S. 248.

[6]) KRAUSS, Sagen und Märchen der Südslaven, I, S. 174 f.

[7]) Auch der Werwolf wandelt sich vor seinem Tode wieder zum
Menschen um, HERTZ, der Werwolf, S. 81; ferner WOJCICKI, Polnische
Volkssagen, S. 52.

[8]) HERTZ, der Werwolf, S. 1 f.

[9]) ANDREE, Ethnographische Parallelen, S. 64 f.

[10]) Für die amerikanischen Stämme vgl. DORMAN, p. 235 f.

[11]) Vgl. WILKEN, Animisme, I, S. 73.

besondere auch in den Sagen von Celebes, wo sich das Weib mit einem Kaiman vermählt;[1]) oder ein Mann mit einem Hunde;[2]) ebenso ist die Sage der Kalangs.[3]) Diese Sage der Kalangs bietet überhaupt totemistische Züge: die Sepirasa ist die Tochter eines Wildschweins, verbindet sich mit einem Hund und gebiert den Suwungrasa, der, ein orientalischer Oedipus, seinen Vater, den Hund tötet, und seine Mutter heirathet.[4])

So auch bei den Aino's: als in einem Dorf nur noch ein Sohn und eine Tochter leben, heirathet der Sohn die Bärgöttin, die bisher mit dem Drachengott verheirathet war:[5]) die Verehrung des Bären bei den Aino's ist ja bekannt.[6]) So auch die merkwürdige Sage vom Weib, das mit einem Fuchs verbunden ist.[7])

Ebenso haben die Eskimo ihre Sagen von Frauen, die Schlangen heirathen (in ihrer wirklichen Gestalt) und Schlangen gebären.[8])

Ebenso die Rothhäute, z. B. die Onondagas, wo sich der Jüngling mit einer Wasserschlange verbindet; später kommen beide um, man sieht den Leib einer kleinen und grossen Schlange: letztere ist das Schlangenweib.[9])

Ebenso die Sagen der Algonquins von Frauen, die sich mit Schlangen mischen.[10])

Die Yorubas in Afrika haben ja gar eine Sage von dem Mädchen, das von einer Schildkröte missbraucht wird und sich dann in eine Pflanze verwandelt.[11])

---

[1]) MATTHES, Boegineesche en Makassaarsche Legenden, S. 43.

[2]) KETJEN, Tjidschrift voor Indische Taal-Land-en Volkenkunde, XXVIII, S. 195. Vgl. auch oben S. 40.

[3]) KETJEN, ebenda, p. 193, VETH, Java, III, S. 581.

[4]) Uebersetzung der Sage von KNEBEL in der Tjidschrift voor Indische Taal-Land- en Volkenkunde, XXXVII, p. 489 f.

[5]) CHAMBERLAIN, Aino Folk-tales, p. 12.

[6]) Daher auch der Brauch, einen Bären aufzuziehen, von einem menschlichen Weib säugen zu lassen und ihn später zu erlegen und zu verzehren (d. h. in sich aufzunehmen); vgl. FRITZE im Globus, B. 64 (1893), S. 45.

[7]) CHAMBERLAIN, p. 47; über den Fuchs bei den Japanern s. oben S.2.

[8]) RINK, Tales of the Eskimo, p. 186 f. (nr. 21).

[9]) Journal of American Folklore, I, p. 44 (Beauchamp).

[10]) LELAND, Algonquin legends, p. 273 f., 278.

[11]) ELLIS, Yoruba speaking peoples, p. 269 f.

So die gerade bei Totemvölkern verbreiteten Sagen von *Frauen, die Thiere zur Welt bringen,* welche sich später in Menschen wandeln. So die obige Tlinkitsage, wo die Frau acht Hunde gebiert (S. 15); und die Malaien wie die Melanesier kennen Frauen, die mit einem Krokodil oder einer Eidechse niederkommen.[1]

Auch die Algonquins haben mehr als eine Sage von Frauen, die Schlangen zur Welt bringen.[2]

Daher auch die häufigen Sagen der Totemvölker von *Halbthieren* und *Thiercombinationen,* die aus der Vermischung von Mensch und Thier entstehen.[3] Und so auch der häufige Glaube an die Meermaid, die oben Weib ist und unten Fisch; bisweilen sind auch Hände und Arme mit Schuppen bedeckt; so bei Indianerstämmen, z. B. bei den Algonquins[4] und bei den Ottawas;[5] so auch auf Celebes[6] und sonst.[7]

Zu den Halbthieren gehören wohl auch die oben (S. 9) geschilderten Fabelwesen, die wie eine halbe *Larve nur den vorderen Theil des Körpers haben* und hinten wie ein hohler Stamm aussehen.[8]

---

[1] Nachweise bei WILKEN, Animisme, I, p. 737 f. und in den Bijdragen tot de Taal-Land- en Volkenkunde, B. 40, S. 483. Eine Eidechsensage der Battaks s. bei NIEMANN in denselben Bijdragen, 3 volg., I, S. 249.

[2] LELAND, Algouquin legends, p. 276 f., 280.

[3] Nachweise bei DORMAN, p. 235 f., 278. So auch in Afrika, vgl. BASTIAN, Loangoküste, II, S. 249.

[4] LELAND, Algonquin legends, p. 270.

[5] DORMAN, p. 277 f.

[6] Hier wird das Weib, als es sich am Flusse wäscht, zur Meermaid verwandelt, mit Fischgestalt von unten bis zum Leibe, MATTHES, Boegineesche Legenden, S. 44.

[7] So finden wir die Meermaid auch in den Sagen der Esthen (oben S. 20). Ueber die germanischen Mythen s. oben S. 35. Ueber die Tritonen der griechisch-römischen Sage vgl. BACHOFEN, Römische Grablampen (Basel 1890), S. 29 f.; dass ein Triton die Seelen trägt, beruht auf der Annahme des grossen Weltsees, über den die Seelen ziehen müssen. Vgl. auch Tafel VI, Bild 1 und Tafel XXXI, Bild 1 in dem Bilderatlas bei BACHOFEN zu dem genannten Werk.

[8] So auch der Glaube an böse Geister in Gestalt halber Menschen mit einer Hand und einem Fuss; so bei malaischen Stämmen, z. B. auf der Insel Makisar; RIEDEL, Sluik- en kroesharige rassen, p. 413.

Nicht selten haben die bösen Geister solche zusammen-
gesetzte Bildungen: so haust auf Wetar ein Geist mit menschlichen Formen und einem Schlangenkopf, ein anderer in der
Form eines Bockes mit einem Menschenhaupt.[1])

Manche Stämme gestatten es auch dem Einzelnen, seinen
Totem, sein Thierwesen, als Schutzgeist *frei zu wählen:* das
ist das System des Schutzgeistes oder *manitu;* dies gilt bei
Stämmen von Alaska[2]) und bei einer Reihe von Indianerstämmen.[3]) So auch an der Loangoküste;[4]) so bei den Malaien[5])
und Polynesiern.[6]) Die Wahl eines solchen Schutzgeistes ist
auch nach Erlöschen des Totemsystems noch überaus häufig.[7])

Daraus entwickelt sich jene Gattung des Melusinentypus,
wo die Wunderfrau von jeher der Schutzgeist des Jünglings
ist, ihn behütet und bewahrt, sich ihm aber erst später in leib-
licher Gestalt darstellt. So in der Sage vom Peter Staufenberg und so in vielen anderen.[8])

Das Verhältniss des *Geschlechtertotemismus zum Manitukult* bedarf noch einer genaueren Untersuchung. Der Manitukult ist im Gegensatz zum Geschlechtertotemismus individualistisch:

---

[1]) RIEDEL, Sluik- en kroesharige rassen tusschen Selebes en Papua,
p. 439.

[2]) BADLAM, Wonders of Alaska, p. 81 f.

[3]) Nachweise bei DORMAN, Origin of primitive superstitions, p. 227 f.
und bei FRAZER, Golden bough II, p. 332 f.

[4]) BASTIAN, Deutsche Expedition an der Loangoküste, II, S. 183.

[5]) Ein poetischer Nachklang findet sich in der Bidasarisage, wo der
Lebensgeist des Mädchens in einen Fisch eingeschlossen ist: solange der
Fisch lebt, kann das Mädchen nicht sterben; BRANDSTETTER, Epik der
Malaien, S. 5. Ebenso in der Lappischen Sage von dem Riesen, dessen
Leben in einem Ei verborgen liegt, POESTION, Lappische Märchen, S. 81;
und so in den unzähligen indischen wie deutschen Sagen von der, vom
Leibe getrennten, verborgenen Seele, worüber zu vergleichen FRAZER,
Golden bough, II, p. 298 f.; so LAL BEHARY DAY, Folk-tales of Bengal
p. 6; 85; FRERE, Old Deccan days, p. 13, 241 (die Seele in einem Hals-
band, das das Mädchen mit auf die Welt bringt — das Halsband, an-
statt der Schlange in anderen Märchen — S. 14. 33 oben); STEEL and TEMPLE·
Wide-awake Stories, p. 58 f., 83; KNOWLES, Kashmir Folk-tales, p. 73.

[6]) Vgl. WILKEN in den Bijdragen tot de Taal-Land- en Volkenkunde
LX, S. 478.

[7]) Vgl. BASTIAN, Controversen in der Ethnologie, III, S. 18 f. 25 f.

[8]) Beispielsweise in der schwäbischen Urschelsage, bei LAISTNER, I, S. 82.

er knüpft sich an ein individualistisch bestimmtes Thier, und
er gibt dem Individuum eine bestimmte Freiheit in der Thierauswahl, oder er lässt die Auswahl durch Umstände bestimmen,
welche das Individuum auf seinem Lebensweg begleiten: Umstände bei der Geburt, Traum bei der Jünglingsweihe. Dadurch
löst sich der strenge totemistische Verband, und es ist wahrscheinlich, dass der individuelle Kult mit der Abbröckelung des
Totems Hand in Hand geht.

Auf anderen Gebieten hat sich der Totemismus dahin erweitert, dass er vom Familientotemismus zum allgemeinen
Volkstotemismus geworden ist, indem der Ursprung des ganzen
Volkes oder gar der ganzen Menschheit auf ein Thier zurückgeführt wird, oder der Ursprung der Männerwelt auf das eine,
der Frauenwelt auf das andere Thier.

Nach diesen beiden Richtungen hin hat sich der Totemismus verflüchtigt und nur noch in der Mythen-, Sagen- und
Märchenwelt die Reminiscenzen seines mächtigen Lebens hinterlassen.

§ 4.

Das Trennungsmotiv wurde zur mythischen Nothwendigkeit. Eine ewige Verbindung des Paares wird zwar mehrfach in der Sage erwähnt; sie tritt aber erst im Jenseits ein. Eine Krisis in der Art, dass der menschliche Theil sich von seinem unheimlichen Partner löst oder durch einen anderen gelöst wird, ist möglich und nicht selten. Man vergleiche beispielsweise die schöne finnische Sage vom Mädchen, das mit einem Wassernix vermählt ist und durch ihren Bruder gerettet wird;[1] ebenso die finnische Sage von der wunderbaren Flöte[2] und so viele Sagen, wo auch die yon dem Unhold geraubte Frau mithilft, das Ungeheuer zu töten; so auch die Eskimosage[3] und so öfters.[3]

Aehnlich auch die Sagen, wo Eifersucht der übrigen Frauen den Tod des weiblichen Wesens plant, das sich von einer anderen Welt her mit dem Manne verbunden hat, — gleichfalls ein häufiges Motiv.[4]

Auch in der Art findet sich dieser Zug, dass der menschliche Partner, von irgend einem Wahn befangen, seinen Gatten vergisst; so in der russischen Sage von der listigen Vassilissa, die der Mann vergisst, weil er seine Pathin küsst.[5]

Dies konnte aber nicht das einzige Lösungsmotiv bleiben, und so musste die auf einen Wechsel des unheimlichen Ver-

---

[1] SCHRECK, Finnische Märchen, S. 116.

[2] SCHRECK, S. 137 f.

[3] RINK, Tales of the Eskimo, p. 186 (nr. 21: the lost daughter).

[4] So beispielsweise in der indischen Sage von dem Krähenweib, das die übrigen Frauen des Königs in's Wasser stürzen, KNOWLES, Kashmir Folk-tales, p. 29 f.

[5] CURTIN, Myths and folk-tales of the Russians, p. 269.

hältnisses gerichtete Phantasie nach neuen Wendungen sinnen, um eine Trennung durch ein Scheiden des über- oder unterirdischen Genossen zu erklären.

Von diesen Motiven war das eine von selbst gegeben: das Wesen hat ein Kind gezeugt oder geboren und damit der Menschheit die übermenschliche Kraft gewahrt. Es findet sich daher nicht selten bald als principales Motiv, bald als begleitendes.

Das zweite Motiv: das Schwinden beim Wechsel der Jahreszeiten war durch die Erscheinungen der Natur angezeigt.

Das weitere Motiv, dass das Wesen, nur widerwillig zurückgehalten, nach seinem Elemente zurückkehrt, sobald sich ihm die Gelegenheit bietet, drängte sich von selbst auf; die mächtigen Instinkte der Thierseele mussten sich den Völkern mit unwiderstehlicher Gewalt einprägen.

Ebenso musste sich der Phantasie von selbst die Incongruenz des Verhältnisses aufdrängen und damit der Gedanke, dass diese Incongruenz in der einen oder anderen Weise zu Tage tritt und die Lösung herbeiführt. So ist insbesondere das Motiv, dass das Licht die Nachtgeister verscheucht, leicht erklärlich; und die mystische Kraft des Namens beruht auf einer allgemeinen Vorstellung der Völker: mit dem Namen lockt man den Lebensgeist aus der Person heraus; daher die viel verbreitete Sitte, dass man sich scheut, den Namen zu nennen: den Namen der Lebenden, weil ihnen sonst ein Unglück zustosse,[1] und den Namen der Verstorbenen, weil dies den Geist herbeicitirt.[2]

Wie ist aber das Motiv zu erklären, dass das Wesen schwindet, wenn es erkannt ist?

Dieses Motiv kann uns nur der Totemglaube enthüllen.

Der Gedanke ist ursprünglich der: *nur im Tode kann das zum Menschen gewordene Wesen wieder in die ursprüngliche Gestalt zurückkehren; nimmt es die ursprüngliche Gestalt an, so ist dies das Zeichen der Trennung, des Abschieds vom Leben.*

---

[1] Vgl. beispielsweise ANDREE, Ethnographische Parallelen, S. 179 f.

[2] Zeitschr. f. vergl. Rechtswissensch., VII, S. 383. So auch bei den Australnegern, HOWITT and FISON, Kamilaroi, p. 249.

Daraus entwickelt sich dieses Trennungsmotiv in allen Stadien. Eine Variante war, dass ein zeitweiliger heimlicher Wandel noch nicht eine definitive Abkehr vom Leben bedeute, sondern erst ein Wandel vor den Augen Anderer, ein Wandel, der ruchbar geworden, ein Wandel, der nicht mehr abzuleugnen ist: dieser wird definitiv und unwiderruflich. Denn auch der Tod ist etwas, das sich der ganzen Mitwelt offenbart: ein zeitweises Schwinden in die Unterwelt ist noch kein definitives Sterben, ein solches kennt die Sage vielfach — sobald aber die Verwandlung vor den Augen der Mitwelt erfolgt, ist es der Tod, und die Rückkehr in das Jenseits ist besiegelt.

Soll jetzt überhaupt noch eine Fortsetzung der Verbindung angebahnt werden, so kann sie nur im Jenseits erfolgen. Daher die fabelhaften Züge zu Mond und Sonne, über unheimliche Wasser, in die Welt der Geister hinein, die der menschliche Genosse machen muss, will er die verschwundene Geliebte wieder finden. Vgl. oben S. 9, 10, 24, 29.

Nicht überall gibt es diesen versöhnenden Abschluss: manche Völker drängten nach ihm als einer harmonischen Begleichung, andere liessen es bei dem tragischen Schmerze bewenden und endeten den Mythus mit einem schrillen Klagelaut. Das eine oder andere entspricht einem seelischen Bedürfniss und gestaltet sich, wie bei sonstigen mythischen Stoffen, nach den Erfordernissen des Seelenlebens, nach dem Auf- und Abwogen der Völkerseele, die im Mythus zu Tage tritt.

Es beruht daher der Melusinentypus auf dem nämlichen Grundmotiv, das in so vielen Unterweltsagen vorkommt: die Unterwelt, das Totenreich, schwindet, wenn man es neugierig betrachtet. Der Orpheustypus hat die gleiche Grundstimmung: daher der Zug der Sage, dass man bei der Fahrt über den See der Unterwelt seine Augen schliessen muss (oben S. 9); daher das Schwinden der Unterwelt beim neugierigen Betrachten. So in folgender Eskimosage:

Der verstorbene und wieder zum Leben erweckte Sohn heirathet ein Geisterweib, eine ingnersuak und führt seine Genossen in das Geisterreich; aber sie dürfen nicht zurückblicken, sondern müssen das Auge fest auf die Spitze des Bootes halten, wenn sie dem Felsen der ingnersuit nahen; sie schauen um, und sofort ist das Reich der Geister verschwunden.[1])

So die Wyandotsage: ein Bruder sucht seine Schwester im Jenseits mit einer Zauberkalabasche, in die er nun auch die im Jenseits gefundene Seele einschliesst, um sodann den Körper wieder zu erwecken. Das Unternehmen scheitert an der Neugier einer Frau, welche in die Kalabasche hineinschaut.[2])

Und auch das verbreitete Motiv klingt an von dem Helden, der seine Geliebte durch Zauber vergisst und erst im Tode wieder ihrer gedenkt — es ist eine Nüance des Melusinentypus: es ist der Gedanke, dass die Unterwelt vor der Kraft des Lebens verschwindet und sich erst im Tode wieder dem Menschen eint. Merkwürdig — dieser Zug findet sich auch bei den Algonquins, wo der Mann die Geliebte vergisst, weil ihm beim Eintritt in sein Haus ein schwarzer Hund die Hand leckt; später erkennt er sie wieder, und sie schweben beide in eine andere Welt.[3])

Jetzt ist es Zeit, auf die Gestaltung der Sage an der Goldküste einzugehen; denn hier ist die Verbindung mit dem bekanntlich an der Goldküste herrschenden Totemismus greifbar, und dieses Verhältniss ist es, was mich zur Erkenntniss des Zusammenhanges geführt hat[4].) An der Goldküste nämlich besteht ein Geschlecht, das eine bestimmte Makrelenart nicht isst, weil die Familien von diesem Fisch abstammen. Diese Abstammung aber wird wie folgt berichtet: Ein Wittwer ging am Gestade und traf hier ein junges Weib, das er als Frau mit sich führte. Nach einigen Monaten begehrte sie zu ihren Verwandten fort; der Mann wollte sie begleiten, sie verweigerte es. Soweit die gewöhnlichen Züge der Sage. Nun findet sich folgende Variante: schliesslich gestattete sie dem Mann, sie zu begleiten und gestand ihm, *dass sie ein Fisch sei*, nahm ihm aber das Versprechen ab, *sie nie an diese Abkunft zu erinnern.*

[1]) RINK, Tales of de Eskimo, p. 298 f.

[2]) SCHOOLCRAFT, Indian Tribes, II, p. 233.

[3]) LELAND, Algonquin legends, p. 317.

[4]) Vgl. den Mythus bei ELLIS, The Tshi-speaking peoples (London 1887), p. 208 f. Ueber die Thierkulte der verschiedenen Völker an der Goldküste vgl. auch schon aus dem Anfang dieses Jahrhunderts MARDON, Gemälde der Küste von Guinea (übers. v. Wolf), S. 33. Vgl. auch oben S. 41.

Mit der bekannten naiven Freiheit in der Ueberwindung
der Naturkräfte nimmt nun die Sage weiter an, der Mann habe
sie begleitet und längere Zeit mit ihr unter dem Wasser gelebt, sei aber einmal unvorsichtig aufgetaucht und von einem
Fischerspeer erfasst worden; da habe ein Hai rechtzeitig die
Schnur durchbissen. Der Mann war gerettet und kehrte mit der
Frau an die Oberwelt zurück, wobei er das Speerstück sorgfältig barg. Diese Rettung enthält ein mythisches Element, das
viele Analogien aufweist, jedoch hier nicht weiter erörtert zu
werden braucht.[1]) Der Mann barg also das Speerstück im Dach;
bei der Reparatur des Daches wurde es gefunden, vom Eigen-
thümer recognoscirt, und der Mann musste, um der Diebstahls-
beschuldigung zu entgehen, die Geschichte erzählen.

Jetzt kommt wie gewöhnlich die Krisis: die Sache wird
ruchbar, die zweite Frau wirft dem Fischweib ihren Ursprung
vor, und dieses kehrt in das feuchte Element zurück.

Der Zusammenhang mit dem Totemismus ist hier sicher:
mit dem Totemglauben also hängt der uralte herrliche Mythus
zusammen von der Thierfrau, die, zum schönen Weibe geworden,
mit der Familie glücklich lebt, sich zeitweise in die alte Gestalt wandelt, aber, sobald sie entdeckt wird, auf Nimmerwiedersehen in's Jenseits schwindet. Und dies zeigt, wie der Mythus
nur unter Kombination mit den ethnologischen Motiven des
Völkerlebens, insbesondere mit den socialen, den Rechts- und
Sittenverhältnissen der Völker verstanden werden kann.

---

[1]) Ebenso findet sich das mythische Element, dass das neugierige
Auftauchen aus dem Zauberpalast des Wassers verhängnissvoll wird, nicht
selten; so in der schönen indischen Erzählung vom Phakir Chand, in
LAL BEHARI DAY, Folk-tales of Bengal, p. 23 f.

§ 5.

Dass die Melusinenabstammung an Frauen geknüpft wird, hängt gleichfalls mit dem Totemismus zusammen. Die Totemvölker sind meist *mutterrechtlich*, und die Mutter ist bestimmend für den Clan, dem das Kind angehört; der Clan, der unter dem Zeichen eines Fisches steht, muss darum an ein Weib anknüpfen, das noch die Fischnatur an sich trug, und die Bärin musste das Bärengeschlecht, die Wölfin das Wolfgeschlecht gebären.[1]

Mutterrechtlich ist, wie bereits oben (S. 21 f.) betont, auch der Zug der Tlinkitsage, wo die Thierverwandlung sich nicht bei der Frau, aber bei den Schwestern und dem Neffen vollzieht; die Neffen stehen mutterrechtlich statt der Kinder.[2]

Der specielle Zug der Sage an der Goldküste, dass der Mann eine *Zeitlang im Lande der Fische bei seinen Schwägern lebt,* ist leicht erklärlich: im Lande des Mutterrechts wohnt zunächst der Mann im Hause der Frau als Mitglied des Mutterhauses. Beim Uebergang zum Vaterrecht, oft auch schon vorher, bricht sich diese Lebensweise, und der Mann nimmt Frau und Kinder zu sich, gründet einen Hausstand für sich. Nun leben gerade die Völker an der Goldküste noch theilweise im Mutterrecht, theilweise sind sie daran, den Uebergang zu vollziehen; und so hat dieser Zug der Sage einen tiefen evolutionistischen Sinn.

---

[1] Oder mindestens säugen, wie es die späteren Sagen wandelten. Ueber dieses Motiv hat, allerdings ohne den dahinter liegenden Totemismus zu erkennen, als Emblem der alles verklärenden Mutterliebe, BACHOFEN, Römische Grablampen (Basel 1890), S. 97 f., in anregender Weise gehandelt.

[2] Die Tlinkit sind, wie die Alaskastämme überhaupt, mutterrechtlich.

Der gleiche Zug findet sich auch sonst; so in der indi-schen Sage (oben S. 13) vomPrinzen, der die Aeffin heirathet und in ihrem glänzenden Palaste lebt, bis der Zauber schwindet. Ebenso lebt im esthnischen Märchen (oben S. 20) der Jüngling im Schloss der Meermaid. In der Tango-Tangosage findet der suchende Mann seine entschwundene Geliebte nachträglich im Himmel, wo er zuerst von ihren Verwandten schlimm behan-delt wird, und ähnlich ist es im Mythus von Celebes;[1] während in der verwandten Sage der Battaks[2] der Mann, der die Frau im Himmel findet, dort nur zwei Monate bleibt und dann mit ihr zur Erde zurückkehrt.[3] Aehnlich verhält es sich mit der Malin Deman-Sage der Battaks, die aller-dings den mutterrechtlichen Menangkabaus entlehnt sein soll,[4] aber jedenfalls von den Battaks in ihrer Weise umgestaltet wurde.

Und auch bei dem polynesischen Hinete-Iwaiwa-Mythus lebt der Mann eine Zeitlang bei den Verwandten der Frau,[5] und auch hier entstehen die bekannten Unzuträglich-keiten mit den Schwägern,[6] an denen die Geschichte des Mutter-rechtes so reich ist.

· Dahin gehört auch die obige Ainosage vom Frauenland; und auch in der japanischen Erzählung vom Hohodemi weilt der Held zuerst drei Jahre im Hause des Schwiegervaters (oben S. 2, 21).

Nicht eine Mutterrechtsehe, aber eine Ehe mit Abverdienen der Frau finden wir in der russischen Sage von der Vassi-lissa, der Tochter des Meerkönigs, für welche der Bräutigam Sclavendienste thun und schwere Leistungen vollbringen muss; und um die Aehnlichkeit mit dem Leben völlig zu gestalten,

---

[1] SCHIRREN, S. 126, 127; LIEBRECHT, Z. f. vgl. Sprachforschung, XVIII, S. 63.

[2] NIEMANN in Bijdragen tot de taal-land-en volkenkunde van Nederl. Indië, 3 volgr. I, S. 282, 283.

[3] Bei den Battaks gilt denn auch das patriarchale System in voller Entwickelung, obgleich sich auch Spuren ehemaligen Mutterrechts nachweisen lassen; WILKEN, Verbreiding van het matriarchaat op Su-matra, S. 28 f.

[4] NIEMANN a. a. O., S. 260 f., 266.

[5] Lesson, IV, p. 309.

[6] WHITE, Ancient History of the Maori, II, p. 140.

soll er später noch um die rechte Braut geprellt und mit einer Schwester bedacht werden, hätte ihm nicht die kluge Vassilissa durch ihren Rath abgeholfen. Das Motiv kehrt auch in anderen Sagen wieder.[1])

Wo sich das *Vaterrecht* entwickelt, kehrt sich der Mythus vielfach um, und der *Mann* ist das höhere Wesen, das sich dem Weib gesellt und bei Eintritt der Krisis verschwindet: so Jupiter-Semele, Amor-Psyche und so eine Reihe der oben erwähnten Sagen.

In's Komische geht diese Entwicklung in der zweiten Version des Urvaçîmythus, wo die Urvaçî schwindet, weil sie ihren Mann unbekleidet sieht. Eigentlich hätte die Sage die Rollen tauschen und den Mann zum Luftgeiste erheben sollen, der seiner Frau verhüllt bleiben muss; die Entwicklung blieb aber auf halbem Wege stehen, und so bildete sich ein Mythus, der die Sache von der verkehrten Seite darstellt; eine nicht seltene Erscheinung, welche die Erkenntniss des mythologischen Gehaltes oft sehr erschwert : verwilderte Mythen! Das Gleiche gilt von der oben erwähnten Vâsukisage (oben S. 30 f.).

Schöner gestaltet dagegen ist die polynesische Orosage, wo der Mann verschwindet, nachdem er dem sterblichen Weib einen Sohn gezeugt hat (oben S. 1). Hier ist der Rollentausch vollständig durchgeführt, entsprechend dem Vaterrecht der Polynesier. Dem Verschwinden des Vaters kann hier noch folgende polynesische Rechtsvorstellung zur Folie dienen. Bei den Polynesiern herrscht der ernstliche Glaube, dass mit Geburt des ersten Sohnes der Geist des Vaters an den Sohn übergeht, so dass er sofortiger Erbe des Vaters wird und dieser nur noch als sein Stellvertreter die Herrschaft führt.[2])

Von diesem Standpunkte musste sich das Verschwinden des Gottes von selbst aufdrängen; denn unmöglich kann der Gott als blosser Vertreter der Menschen noch auf Erden weilen.

Allerdings findet sich weder in der Oro-, noch in der zweiten Urvaçîsage das Moment des Thierwesens, mindestens

---

[1]) CURTIN, Myths of the Russians, p. 266 f. Ueber dieses Motiv im Leben der Völker vergl. Z. f. vergl. Rechtswissenschaft VI, S. 169.

[2]) Nachweise in meinem Aufsatze über Recht, Glaube und Sitte, in Grünhut's Zeitschr., XIX, S. 592.

ist es bereits abgestreift, ebenso wie im Lohengrinmythus. Aber
es gibt auch Sagen mit vaterrechtlicher Wendung, wo das höhere
Wesen als Thierwesen gedacht ist; nicht zu verwundern, da es
auch Totemvölker mit vaterrechtlicher Gestaltung gibt.[1]) So
der oben erwähnte Mythus von der Tulisa, die sich mit
dem Schlangengotte vermählt, so der Mythus des Zeus, der
der Persephone als Schlange erscheint und mit ihr den stier-
häuptigen Zagreus zeugt;[2]) so die germanischen und slavischen
Mythen, wo das Mädchen sich mit einer Schlange, einem Bären,
einem Vogel vermählt; beispielsweise in der russischen Sage
heirathet die eine Tochter einen Falken, die andere einen
Adler, die dritte einen Raben;[3]) und noch in die historische Zeit verpflanzt sich die Sage, dass der Gott] in Gestalt einer Schlange (anguis oder draco) sich zur Mutter gesellt
und den Heroen gezeugt habe, wie es von Alexander d. Gr.,
Scipio und Augustus erzählt wurde;[4]) wobei noch der eine
merkwürdige Zug der Sage an die ursprüngliche Denkweise
anknüpft: der draco naht der Mutter im Schlaf und zeugt
den Heroen, aber sehen darf ihn die Mutter nicht.

Drastisch aber zeigt sich der Uebergang des Mutterrechts
zum Vaterrecht in dem russischen Märchen, wo der Held in
den Palast des sechsköpfigen Schlangenkönigs kommt; die
Schlange schläft,[5]) und neben ihr liegt ein Buch, in dem ge-
schrieben steht: niemals hat ein König Söhne, sondern immer
hat die Königin die Söhne. Da kratzt der Held den Satz aus
und schreibt das Gegentheil: niemals hat die Königin Söhne,
sondern immer der König. Als nun der Schlangenkönig erwacht,
sagt der Held: ich bin dein Sohn. Die Schlange erwidert: wie kann
das sein? ich will im Buche nachsehen, ob ein König Söhne
haben kann. Da sieht sie nach, findet es wirklich so und erklärt: Du hast Recht, mein Sohn.[6])

---

[1]) So indische Stämme, Z. f. vergleichende Rechtswiss., X, S. 87.

[2]) KUHN, Herabkunft des Feuers, S. 146 f. Es mag damit ver-
glichen werden, dass auch die Indianervölker den Blitz als das Werk
einer Schlange (oder eines Vogels) darstellen, der Schlangengott also der
Gott des Blitzes ist; DORMAN, Origin of primit. superst., p. 271; American Antiquarian, XVI, p. 367.

[3]) CURTIN, Myths and folk-tales of the Russians, p. 203 f.

[4]) Vgl. z. B. LIVIUS, XXVI, 19, SUETON., Augustus, 94.

[5]) CURTIN, Myths and folk-tales of the Russians, p. 219 f.

Und ein drastisches Widerstreben gegen das Vaterrecht findet sich in einer (oben Seite 19 angedeuteten) Lappländischen Melusinensage, die ich desshalb erst hier bringe. Die Braut gibt dem Geliebten einen wunderthätigen Ring, mit dem er sie überall hin citiren kann; doch soll er sie nicht dahin citiren, wo seine Familie ist. Er thut es dennoch: sie kommt, entreisst ihm aber den Ring und verschwindet; nach manchen Abenteuern endlich erreicht er sie wieder.[1]

---

[1] POESTION, Lappländische Märchen, S. 247 f.

§ 6.

Bemisst man den poetischen Werth einer Sage darnach, dass sie eine unheimliche Perspektive in den Urglauben unseres Geschlechts und damit in den Geisterglauben verleiht, der die Sagen der Völker durchzieht; dass sie damit tiefe, zutrauliche, allgemein menschliche Züge verbindet, die auch uns noch zu Herzen gehen; dass sie aber fern davon ist, ein seichtes, rationelles, nach prosaischer Menschenlogik sich entwickelndes Gefüge zu gestalten, sondern einerseits in dem Ueberschreiten der Naturkräfte, andererseits im gerechtigkeitswidrigen Walten des Schicksals uns die Uebermacht des Weltwebens über unser individuelles Dasein zur Anschauung bringt; dass sie endlich in ihrer Wurzel mit anderen grossen Sagenstoffen zusammenhängt und in unseres Herzens Tiefen an sie anklingt: so ist die Lohengrin-Melusinensage die Krone aller Sagenstoffe. Sie reicht in die Urzeit der menschlichen Anschauung hinein, in die Zeit animistischer Vorstellungen, wo das Individium sich mit jedem Thier- und Pflanzenwesen eins weiss; sie reicht in die Zeit des Totemismus zurück, der Jahrhunderte lang die Organisation der Menschheit bestimmte; sie steht mitten im Gefühl des Alleinen; sie setzt mit der überwindenden Macht der Liebe in's tiefste Empfinden des Menschenherzens ein; sie steigert in allen Phasen der Neugier, der Furcht, des Verdachts, des Fürwitzes, der ritterlichen Vertheidigung der Unschuld unser seelisches Interesse; sie schürzt durch die furchtbare Situation des Genossen, der einerseits im geliebten Wesen das Höchste sieht, andererseits durch den Verdacht gränzenlosen Unheils, in den er sich verstricken könnte, im innersten Glauben berührt wird, den tragischen Knoten; und die Lösung ist eine mächtige, unser Gemüth betäubende, wie alle tragischen Lösungen, die auf immerwährende Trennung abzielen und an denen der Betroffene schuldig, aber doch nur zum Theil schuldig ist: denn das ist der Höhepunkt der Tragik, dass der Betroffene nicht unverdient leidet, weil er sonst als tote Masse dem Schicksal gegenüberstünde, noch auch das Unheil voll verschuldet hat, weil sonst das Geheimniss des Schicksals fehlte: das unlösbare, die Incommensurabilität, welche das wahre Schicksal kennzeichnet.

Vergleichen wir noch den Lohengrin- mit dem Melusinentypus, so müssen wir dem letzteren weitaus den Vorzug geben. Mit dem Mutterrecht trifft er eine ältere Zeit unseres Geschlechtes und berührt uns im tiefsten Herzen; denn das Verhältniss des Kindes zur Mutter dünkt uns jetzt noch als das innigste, und der Abschied der Mutter von den Kindern ist herzerschütternd. Der Lohengrintypus ferner hat durch Abwerfung des Verwandlungsmotives (vom Schwan zum Menschen) viel von seiner alterthümlichen Kraft und urwüchsigen Wahrheit eingebüsst; und wenn er es nicht hätte — die Schlangen- und die Halbschlangen- oder Halbfischform hat die Vorstellung unserer Völker lebhafter beschäftigt, als der edle, aber weniger volksthümliche — ich möchte sagen, aristokratische Schwan; die Verwandlung in das Halbwesen ist grausiger und unheimlicher: der Gedanke, dass der Held mit diesem Wesen in Liebe verbunden war, ergreift uns mit einem mächtigen Schauer.

Der Lohengrinmythus hat durch Wagner eine moderne Verherrlichung gefunden, die nicht überboten werden kann. Noch harrt die Melusinensage, trotz mehrfacher Versuche, des Meisters, der sie uns in erschütternder Weise, gesteigert durch die Macht der Töne, vor die Seele führt.

§ 7.

Der Melusinenstoff ist ein Märchenstoff, der später mit historischen Personen und Geschlechtern verknüpft und dadurch zur Sage wurde. Der Ausgang des Märchens ist ein mythischer, aber es ist keine Naturmythe im Sinne einer die Faktoren des Naturwebens zu bestimmten Gottheiten hypostasirenden Weltanschauung, sondern ein Mythus im Sinne des die Welt in unbestimmtem Seelenweben durchdringenden Animismus; und der Mythus hat seine Wurzel in der animistischen Gestaltung der socialen Verhältnisse, die als Totemismus und Manitukult die Jugendzeit der Völker beherrschen.

Das mythische Element steht daher der ganzen socialen Lebensgestaltung näher, als man gemeint hatte; denn die sociale Gestaltung ist von dem animistischen Geiste durchdrungen, und der animistische Glaube steht mit dem socialen Leben im nächsten Zusammenhange, ebenso wie mit dem individuellen Leben und seinen Erscheinungen.

Es ist daher sehr richtig, dass die physiologischen und pathologischen Erscheinungen des Traumes, der Hallucination des Alpdrückens sehr viel zur Entstehung der Mythen beigetragen haben, ganz ebenso wie die in die Phantasie der Völker spielenden Erscheinungen der Aussenwelt; es ist aber ebenso richtig, dass diese Einflüsse nie allein im Stande waren, die Mythenwelt zu schaffen; es ist ebenso richtig, dass die socialen Erscheinungen des Gesammtlebenstriebes, mit seinem Lieben, Hassen und Fürchten, mit den starken Instinkten der Zusammengehörigkeit, in der Mythenbildung wirkten; dass vor allem auch die dem Menschen in seinem Naturzustande besonders stark innewohnende Liebe und Abneigung gegenüber bestimmten belebten Wesen, bestimmten Thieren und Pflanzen, Gefühle, die sich bis zur Verwandtschaftsempfindung und zum leidenschaftlichen

Verfolgungstriebe oder zur starren Verehrung steigerten, in den Mythen der Völker zu Tage treten.

Diese socialen und vorsocialen Aeusserungen der menschlichen Psyche darf man bei der Betrachtung der Mythenwelt und ihres Ueberganges in die liebliche Gestalt des Märchens nicht aus dem Auge verlieren.

So führt also die Melusinensage[1]) in die ahnungsvolle Kindheit des Menschengeschlechtes zurück.

Nicht umsonst erfüllt uns die Sage mit unheimlichem Grauen; denn es ist ein Gesetz der Völkerpsychologie, dass, was unsere Vorfahren in Jahrtausenden tiefster Weihe verehrten, uns, ihre Nachkommen, als Mythus und Märchen mit sinnendem Schauer berührt: es ist ein Nachhall der heiligen Gefühle, die einst die Gemüther derer ergriffen, aus deren Wesen wir entstanden, aus deren Blut im Laufe der Generationen wir geworden sind.

Das Märchen der Kindheit ist das Ringen der Völker nach einer vergeistigten Weltanschauung, nach einer Weltanschauung, wo alle Wesen eins sind und die Daseinsschranken ablegen. Und es gilt daher, was ich in Versen gesagt:[2])

> Im Bilde der Kröte, der Unke,
> In leuchtender Sterne Nacht
> Erglühet der mächtige Funke,
> Der uns zum Menschen gemacht.

---

[1]) Ueber die Ableitung des Wortes Melusine will ich nicht urtheilen; doch scheint mir weder die Ableitung von der phönizischen Melissa (LIEBRECHT, Germania, Neue Folge IV, S. 220), noch die aus dem indischen Milushi (BLACHER, Essai sur la légende de Mélusine — citirt bei NOWACK und im obigen Werk von FAVRE) plausibel zu sein. Andere Ableitungen siehe bei LAISTNER, I, S. 199. Wenn man sieht, wie sehr die mythischen Namen wechseln, so überzeugt man sich, dass die Namenbezeichnung am wenigsten ein Führer durch das weite und vielverwachsene Gebiet der Märchen- und Mythenwelt ist; insbesondere wenn nichts als der äusserliche Gleichklang vorliegt.

[2]) Neue Dichtungen (1895), S. 163.

Excurs.

Der Glaube, dass die Hülle, das Vogel-, Wolf-, Schlangen-
kleid zur normalen Rückverwandlung erforderlich sei, ist all-
verbreitet; man vergleiche die Nachweise bei ANDREE, Ethnographische Parallelen, S. 63. Daher auch der Glaube, dass, wenn
man ein Thier tödtet und seine Hülle abstreift, man sich in
dieses Wesen umwandeln kann und in dieser Gestalt weiter
lebt.[1]) Und der Werwolfglauben zeigt fast durchgängig die Idee,
dass der Werwolf sich in einen Menschen zurückwandelt, indem
er das Fell auszieht und herausschlüpft.[2])

Das Wolfshemd ist das úlfahamir des nordischen Glaubens;
später schrumpft es allerdings zum blossen Gürtel zusammen,
den der Mann umschnallt, um sich zu verwandeln; und gelingt
es, ihm den Gürtel zu nehmen, so schwindet der Zauber.[3])

Ebenso gehört hierher der bekannte mexikanische Glaube
von der Verwandlung in die Gottheit, nachdem man sich in die
Haut des erschlagenen Gottes gehüllt hat.[4])

Damit hängt natürlich der weitere Gedanke zusammen, dass,
wer das Vogel-, Wolf- oder Schlangenhemd verwahrt, seine Herrschaft über den Geist des Thieres ausübt; wie uns dies oben
mehrfach begegnet ist. Weitere Beispiele bei BENFEY, Pantschatantra, I, S. 263; aber man darf nicht mit Benfey diesen verbreiteten
Gedanken durchweg auf indischen Einfluss zurückführen: wir
finden das Motiv bei den Indianern,[5]) wir finden es auch bei

---

[1]) Beispiele bei BENFEY, Pantschatantra, I, S. 122 f., 255 f. So
auch FRERE, Old Deccan days, p. 101, 102 (Papagey).

[2]) Vgl. die Nachweise bei HERTZ, S. 51; ferner WIEDEMANN, Aus
dem Leben der Esthen, S. 438.

[3]) HERTZ, der Werwolf, S. 51, 79.

[4]) Nachweise bei FRAZER, Golden bough, II, p. 220.

[5]) So in der Ititaujangsage oben S. 8. So auch in der Sage der

den Samojeden: auch hier gilt das Märchen von der badenden
Jungfrau, die ihre Kleider zurücklässt: wer die Kleider
nimmt, dessen Frau wird sie;[1]) und ebenso finden wir es bei
malaischen Stämmen, so bei den Battaks auf Sumatra: Urang
Mandopa nimmt einer der Töchter des Batara Guru beim Baden
das abgelegte Gewand, so dass sie nicht mehr gegen Himmel
fliegen kann, und vermählt sich mit ihr.[2]) Aehnliches gilt
in der von den Menangkabau entlehnten Sage von Malin
Deman.[3])

Es ist ein Gedanke, der darin gipfelt, dass in dem Kleide
eine der verschiedenen Seelen steckt, über die der Dritte durch
den Besitz Herr wird; ebenso wie der Glaube gilt, dass
man Jemanden verzaubern könne, wenn man Schnitzel seiner
Nägel oder Haare von ihm in die Hände bekommt, oder auch
bloss Knochen, die er abgenagt hat, — ein Glaube, der bei Natur-
völkern eine so grosse Rolle spielt.[4])

Eine andere Gestalt dieser Idee ist der Glaube, dass man
über das Wesen Herr wird, wenn man es mit der Nadel blutig
sticht: das Blut steht an Stelle des Gewandes. So im Lappischen
Märchen vom Ultamädchen und vom Gufitarakmädchen;[5]) und
so im Esthnischen Märchen von der Hirtin, welche einer
Schlange die Nadel in den Kopf stach: am folgenden Tag war
die Schlange zur goldenen verwandelt und das Mädchen wurde
sehr reich.[6])

Eine weitere Entwicklung dieses Gedankens ist es endlich,
dass, wenn man die Haut oder einen Theil der Haut des Wesens

Algonquin's von dem Jüngling, der der badenden Nymphe das Kleid
nimmt und hierdurch über sie Herr wird, LELAND, Algonquin legends, p. 142.

[1]) CASTRÉN, Ethnologische Vorlesungen über die altaischen Völker,
S. 172.

[2]) NIEMANN in den Bijdragen tot de taal-land-en volkenkunde van
Nederl. Indië, 3 volgr., I, S. 281.

[3]) NIEMANN, ib., S. 255 f., 257.

[4]) So bei den Australnegern, Z. für vergleichende Rechtswissenschaft,
VII, S. 361. Der Glaube, dass man über eine Fee herrscht, wenn man
ihr ein Stück Nagel nimmt und es bewahrt, findet sich auch noch in der
deutschen Sage, vgl. LAISTNER, das Räthsel der Sphinx, I, S. 202.

[5]) POESTION, Lappländische Märchen, S. 50 f., 73 f.

[6]) WIEDEMANN, Aus dem Leben der Esthen, S. 455.

erlangt, man über seine Schätze Herr wird. Daher die vielen Märchen vom Schlangenkönig mit dem Ring oder dem Krönchen, und wer dieses erlangt, wird zum Herrn unermesslicher Güter.[1]

Auch in der Form, dass, wer der weissen Frau das Tuch das sie trägt, abnimmt, grosse Reichthümer erwirbt:[2] das Tuch ist ursprünglich das Federgewand und die weisse Frau ein Vogel.

So auch im slavischen Märchen vom Mann, der einer verzauberten Schlange das rothe Härchen vom Kopf reisst und zum reichen Krösus wird.[3] Vgl. oben S. 14.

So in der indischen Sage von dem Königssohn oder dem Mädchen, das dem Schlangenkönig den kostbaren Stein entreisst[4] oder den Ring gewinnt.[5]

Die gleiche Sage finden wir bei den Esthen: wer dem Schlangenkönig den goldenen Ring nimmt, erwirbt aller Welt Weisheit (WIEDEMANN, Aus dem inneren und äusseren Leben der Esthen, S. 455), oder Glück in Kämpfen (RUSSWURM, Sagen aus Hapsal, S. 180); so auch bei den Ojibwä's (Chippewäs) in dem schönen Märchen von dem Mann, der dem Schlangenkönig eine rothe Blume vom Kopf nimmt und dadurch zum mächtigen Manne wird (KOHL, Kitschi-Gami, II, S. 266).

Dass aber der Erwerb dieses kostbaren Kleinodes mit grosser Gefahr verbunden ist,[6] wurde bereits oben (S. 16) erzählt; dieser Glaube musste sich durch den Gedanken an den ungeheuren Raub, der hier begangen, von selbst aufdrängen, und die Ueberzeugung, dass das Höchste nur mit Gefahr zu erreichen ist und dass die Geisterwelt nicht mit sich spielen lässt, musste um so mehr dazu beitragen, den Glauben zu reifen.

---

[1] Vergl. beispielsweise WLISLOCKI, Volksglauben der Siebenbürger Sachsen, S. 18.

[2] MÜLLER, Siebenbürgische Sagen, S. 311.

[3] KRAUSS, Sagen und Märchen der Südslaven, I, S. 470 f.

[4] LAL BEHARI DAY, Folk-tales of Bengal, p. 18 f.; FRERE, Old Deccan days, p. 34.

[5] STEEL and TEMPLE, Wide-awake Stories, p. 198 f.

[6] Bei den Ojibwä's zeigt sich die Gefahr darin, dass der Mann für das, was er nimmt, ein Kind preisgeben muss, KOHL, Kitschi-Gami, II, S. 266.